告発

パンジ 著
萩原遼 訳

かざひの文庫

推薦の辞

暗闇の地、北朝鮮に灯りをともす、ホタルの光となり……

都　希侖
被拉脱北人権連帯　代表

パンジは朝鮮作家同盟中央委員会に所属しており、一九五〇年に生まれ、朝鮮戦争も体験し、両親とともに中国まで避難し幼年時代を送り、再び北朝鮮に戻り生活しました。

平素から文学の素質を見せたパンジは二十代の一九七〇年あたりから頭角を表し、北の雑誌に文が載ることもありました。一時は文学への夢を諦め労働現場で労働しながら厳しい生活を送り、かたわら様々な文学作品を書いたことが認められ、多くの作品を作家同盟機関誌等に寄稿もしました。

一九九四年、金日成死去の時点から始まったいわゆる苦難の行軍において、多くの友人・知人たちが死に、食べるため生きるため故郷を捨て去る彼らの後ろ姿を見つめながら、これまで生きてきた北の社会に対する自身の深い省察を、本を通して世に知らしめるべきであると、固く決心することになります。

北朝鮮式社会主義経済制度の問題点、出身成分（北朝鮮における階層制度の階級）で区分される人類最悪の連座制で呻吟する北の住民の代弁者として自身の役割を設定したパンジは、誰にも訴えることのできない北の住民たちの実際の苦しく悲しい事情ひとつひとつを収集し、自身の作品の中に込めました。それぞれの事情の中に込められた訴えと実際に起きた事実に基づき、すべてのことを自身の作品に取りこみはじめました。

しかし、北の社会の現実はパンジの作品が世に出るにはあまりにも厚い鉄のカーテンでした。いつかはそのときが来るであろうと信じ数多くの作品をひとつひとつ積み重ねていったその頃、パンジと交流があった咸興に住む親戚のひとりが密かにパンジを訪ね、中国へ行くという決心を打ち明けました。これを聞いたパンジは、妻子がいる身で自身が動くにはあまりにも制約があることを知り、たったひとりで脱出を決心する親戚を見て、「今しかない」と直感し、三日後親戚が去るときに自身の保管していた原稿を渡しました。

原稿を手渡された親戚は、今は自分も脱出できる確実な保障がないので、脱出の道を用意し再び来るという約束をして去りました。

がっかりしたもののどうすることもできないパンジでしたが、数ヶ月が経ったある頃、見慣れない青年がパンジを訪れ、何も語らずビニール袋に包まれた手紙を彼に手渡しました。

手紙の内容は次のとおりでした。

「兄さん、明玉です。連絡が遅れてごめんなさい。

今、私は平穏な場所に来ています。私が無事にいられるように助けてくれた方が、人を送ることでしょう。

私の手紙とともに。手紙を確認したら、以前私に渡そうとしたものを彼に渡してください。

信じて大丈夫です。兄さんと私だけが知ることですから。

そのときのものは確か二つでしたね。

兄さんも良い世の中で一度暮らしてみるべきなのに。そんな日がきっと来るでしょう。

残してきた家族を考えると、泣いてばかりいます。兄さん、きっとまた会いましょう……。

身体に気をつけて。

明玉より」

手紙を受け取ったパンジはしばらく黙っていましたが、小さなたんすの奥にしまっていた原稿を取りだし、その青年に渡します。どのように死んでも同じだという考えで、その手紙の内容だけを信じてのことです。原稿を受け取った青年は直ちに家を出て、パンジの原稿は今、自由と希望の地・大韓民国にあります。

『収容所群島』を書いたソ連の抵抗作家ソルジェニーツィンが、自身の作品をこっそり西側で世に出させたのと同じように、北の抵抗作家であるパンジの『告発』は、美しいホタル（朝鮮語のパンジ）の光となり北の暗闇に灯りをともそうとして、世に出ることを待っています。

今日もパンジは、彼自身が書きたいものを存分に書ける日が来るのか、自由な日が来るのか、統一の日を指折り数えながら、共産主義の終末に向け筆鋒を高く書き続けることでしょう。

目次

脱北記

相基《サンギ》君！

私だ。日徹《イルチョリ》だよ。日徹が今、この脱北記を書いているんだ。

君も、崔曙海《チェソヘ》（一九〇一～一九三二　咸鏡北道の貧しい家に生まれ、十六歳のとき中国東北地方に移住。一九二三年帰国し次々と短編を発表した。『脱出記』『飢餓と殺戮』など多くの短編は貧困の中で必死に生きる庶民の肉親間の愛情をうたい、貧困の根本原因を取り除こうとする過程を描いている）の小説『脱出記』を読んだだろう。この小説が書かれた一九二〇年ではなく一九九〇年代、それも植民地時代ではなく解放されて半世紀にもなるわが国・わが大地で、こんな脱出記を今書いているわけさ。まったくあきれはてたものだよ！　私の脱出したいという計画は、いつだったか、私が君に渡したあの薬袋一つから始まったと言えるだろう。

くだんの薬袋は、私が偶然手にしたものだった。君も知っての通り、わが家には、兄の末っ子で八歳になる甥っ子がしょっちゅうやってきて一緒に過ごしていたものさ。もちろん私が結婚するまでは兄と同居していたし、また結婚して構えたアパートが兄の家に近かったということもあるがね。しかし、今考えてみると、それだけの理由ではないんだよ。本当のわけは私の妻が甥っ子を、涙の出そうなほどの愛情で包んでいたからなんだ。先天的に暖かい眼差しの持ち主でもあったが、甥っ子にむける妻の目はいつも切ない愛情に溢れていたんだ。それればかりか、自分の子供のように胸に抱いて、朝まで寝てしまうことがいつものことだったさ。それは私が〝女は子供が産めなくても、年をとると自然に母性愛が出てくるようだ〟と思うほどに。彼女はその子のいうことはなんでも受け入れたし、その子も妻になついたものだった。まさに、あの〝薬袋事件〟があったその日もその子はわが家に来ていたんだ。

そのとき妻は、下の階の部門党の書記（北朝鮮労働党内の責任者）宅の天井紙の張りかえを手伝いに出かけていて、家では私一人が職場から持ち帰った作業をしていた。甥っ子はドアを開けるやいなや叔母を捜し、いないと分かると、私に凧をつくってくれとせがみはじめた。落葉を誘うような晩秋の風が、子供たちの凧揚げの夢をふくらませる季節だった。私は季節ごとにめぐってくる子供たちの童心を曇らせるわけにはいかず、凧に張りつける紙を探しはじめた。大事に残していたはずのビニール紙を探そうとして、棚や押入れの隅々をさぐってみたんだ。そのときビニール紙より先に手にしたのが、まさにあの薬袋だったわけだ。もちろん私はそれを見て最初はたいしたことではないと思ったさ。しかし、その薬袋が、結婚して二年過ぎても妊娠しない妻を思わせ、だんだんと頭の中が複雑になりはじめた。そして、こんな考えにおちいったわけだ。

「いったいなんの薬だ。なぜこのように目につかないところに隠して飲んでいるのだろうか？　何かとんでもない病気でも……？　あぁ、それで今日まで妊娠できなかったのか！」

私はその日、凧をつくりながら二度も手を止めるありさまだった。いくら思いめぐらせても、直接的に訊ねては妻が隠し飲む薬の正体を簡単に教えてくれるとは思えなかった。それで思い悩んで、薬袋を持って医者である君のもとを訪ねることにしたのだった。翌日、君が知らせてくれたその薬の鑑定結果とはいかなるものであったか？　それは妻の不妊の治療薬ではなく、避妊薬だったわけだ。

「避妊薬だと？」

私はそのとき、君の診療室に女性を含めた多くの患者が待っているのも忘れ、こう叫んだものだった。

「本当か？」

「あ、あぁ……」

人々の手前、君が照れくさそうに私の言葉をさえぎるためにそれ以上は聞けず、あのとき私は一目散にわが家に駆け戻った。しかし、いざ妻と顔を合わせると、口の中で爆弾のように溜めこんでいた言葉は途絶えてしまった。安易に口に出す言葉ではないとの思いが不意に頭に浮かんだからだ。なぜか？　周りの人々はみんな知っていることだが、私と妻とは似つかわしくない夫婦だったのだ！

人柄はほとんど変わりなかったが、この社会では第一の生命だといえる〝成分〟（階級）の違いということでだよ。だから李日徹《イ イルチョリ》と南明玉《ナムミョンオギ》が婚約したとの噂が広まると、驚きの声をあげた人は一人や二人ではなかった。

「固い結合になるだろうか？　白サギがカラスと同じ巣に住めば一対のおしどり夫婦になるというのかね？」と。

だのに、一つの巣に入っていたはずのその白サギが、ほかの男とできている……。そのとき私は、これ以外のことを考えることはできなかった。まだウブな娘のような妻が、子供を身ごもらないように避妊薬を飲んでいる理由を、そのときの私の立場でそれ以外の解釈ができただろうか。

「何があったの？」

飛んで帰り、はあはあと息せききって迫る私の勢いにおされた妻がむしろ先に口を開いた。私は答えるかわりに砕けんばかりに奥歯を噛みしめ、両の手を握りしめながら口の中でカリカリと音をたてた。そして窓際の椅子にドカッと座りこんでしまったんだ。妻は大きな溜息をつくと、タバコとマッチ箱を窓枠の桟《さん》に置いてくれた。だが私の鬱憤は、そのような妻の気配りでおさまるようなものではなかった。

しかしだよ、この李《イ》日徹《イルチョリ》が、今日の〝サンノム（卑賤な階層）〟という〝成分〟に落ちぶれた理由とは、なんだったと思う。それは結局のところ、父が一畝《うね》ほどの冷床苗（風を防ぎ太陽熱を利用して、土地に直接植えるよりも早く苗を育てる施設）を涸れさせたということがすべてだったのだ。それも朝鮮戦争が終わり、この地にいわゆる社会主義協同経理が、やっと産声をあげたあの時期のことにすぎないのだ。歴史の一転換期だったのだから、農民たちにとって不慣れなことが一つや二つではなかった。冷床苗もそんなものだったのだ。先祖代々の水苗代（水をはった苗床で育てた苗を田んぼに植える）農法しか知らない手で冷床苗をはじめて育てようとしたならば、それがどうして一匙で満腹するように事が運べるというのかね。そのために父が失敗したにすぎないのに、それが一朝にして〝反党反革命宗派分子〟（宗派は、反党・反革命のもっとも悪辣な分子をいう北の言葉）になってしまったのだ。

本当のことをいうならば、父が解放（一九四五年八月）前に手足が萎えるほどに働いたおかげで幾ばくかの田んぼを持っていたし、協同組合が組織されるときに、その田んぼを最初から素直に提出できなかったために、坊主憎けりゃ袈裟まで憎いの格好になってしまったが……。それで結局、父は手錠をかけられ住所すらも分からないところへ引っぱっていかれ、私たちは柿の実のなる故郷を追い出され、鴨緑江の慣れないこの地に移住させられたのだった。

崔曙海《チェソヘ》の『脱出記』に出てくる主人公が、父母と妻や子を引きつれ『蛮夷の嶺』(昔、豆満江一帯に住んでいた女真族をさして野蛮な蛮夷族と呼んだ)を越えるときには、悲運の中にも〝もしも〟という一抹の希望があったものだよ。しかし手錠をかけられて行った夫に続いて、チマ(スカート)にまといつく幼い二人の子供をあやしながら、あの蓋馬嶺を越えなくてはならなかった母にあるのは、一筋の希望すらない切ない想いだけだった。

人間が死に場所へと向いながらも、あの主人公のように自らの行きたいところへ自分の足で進むのであれば幸せだとも言えるのさ。銃剣で追われ、故郷の懐かしいすべてのものに足蹴にされたあと、やはり銃剣の監視の中でこの地へ〝移住〟してきたわが家の惨状にくらべると問題じゃないよ。その辛さ、その怨恨に打ち勝てず、とうとう母はこの他郷万里であまりにも早く息をひきとってしまった。不遇な子供たちの将来が、氷のように心臓を覆い、安らかに目もつむれぬままに……。見放されたこの世に二人の幼子を置いたまま逝った母のその怨恨の前で、今日またどのような新しい悲劇が引きおこされようとしているというのかね！

相基君《サンギ》！

私はあの日、君から返してもらった避妊薬の袋をポケットの中で握り締めたまま、部屋を飛び出してしまった。母の墳墓、蓋馬嶺の山麓へと、もう出勤時間など頭の中になく、夜遅くまでどこをどうさまよったのか自分自身憶えていないんだ。家へ帰ってみると、妻はいつものように、お膳の上に広げた新聞紙をとって、かわるがわる器を私の前へと差し出してくれたことだけは憶えているんだよ。私はその日から妻を注意深くさぐりはじめたのさ。

だが私に対する妻の暖かい愛情は今までと何も変わらなかった。もって生まれた人情味と少し恥じらうような眼差し、いつもの柔らかい身のこなしと静かな話し声にいたるまで、一挙手一投足、そのすべてがだよ。むしろそのすべてが日を追うごとに、薄れるのではなく、どんどんと深まるばかりであった。そうであるほどに私の苦悩は日々深まるばかりであった。

疑心が疑心を招くというように、あるとき、私の耳に奇妙な話が聞こえてきた。私が住む三階の一号室では毎朝二回朝ごはんを炊くのか、早朝に一回、そしてまた一回、間違いなくきちっと二回煙がたつという、そんな噂が……。アパート生活では根拠のない話はすぐには広まらないということを知っていたが、私はその噂を聞き流していた。妻を奥さん方のとるにたらない噂の種にしたくはなかったからね。だのにその日から幾日かが過ぎたある日のことだった。

私は、朝一番に溶接作業をするように言われ、街全体が見下ろせる職場の百トン起重機の翼の上に登ることになった。するとどうだ。朝ごはんを食べて出てきたわが家の煙突から〝二度目の煙〟が立ち上がっているではないか。すでに立冬も過ぎ、寒い日ではあったが、溶接部位の安全性を確かめるとの口実で、次の日も、そしてまた次の日も、起重機に登っていった。そしてついに三日目には、起重機から飛び降りると、作業班の班長に適当な口実をつけてそのまま家へ帰っていったのだ。

「まあ、どうしたの?」

白い湯気の立ちのぼる台所で一心に働いていた妻が驚きの声を発した。顔には妻らしくない不自然な笑顔まで浮かべてだよ。

「ああ、巻尺を忘れてしまったんだよ」

私ははじめて妻に対して顔のあからむようなウソを言った。

「巻尺を、ですって。ほんと、とんでもないものが人を困らせる……」

　妻は工場からしんどい思いで帰ってきた夫の苦労を、まるで自分のしでかした失敗のように愚痴りながら、さっと巻尺のある部屋へ入っていった。このときとばかりに、ブウブウとふいている釜の蓋を素早く開けた。だが、なんと釜の中でふいているのは馬鹿らしいことに犬のエサの粥ではないか。青いシレギ（大根の乾葉）に少しばかりのトウモロコシを混ぜた残飯、間違いなしの犬のエサなんだよ。

「いやだ、こんなものまで……」

　巻尺を持って出てきた妻が、とっさに釜にふたをする私を見て仰天した声で言った。

「犬のエサを、こんなにていねいに炊くのかね」

「は、はい。犬のお粥を少し……」

「毎日こんなふうに炊いているのかね？」

「はい。私、その……。どうかあなたは仕事だけに励んでください。家のことは心配しないで。仕事の失敗がないようにです」

　妻が私の手に巻尺をしっかりと握らせながら言うんだ。

「昨日、下の階のあなたの職場の部門党書記がまた来てました。あなたの入党問題に対して色々と考えているので、もっと職務に励めるように支えてあげなさいと。でも私が支えられるものとしたら、せいぜい……」

妻は急に下唇を噛み締め、話せない胸のうちがぐっと涙になって噴出したかのように、目にいっぱいの涙が潤むのであった。妻は顔をそむけて隠したが、私もまた妻の顔を見ることができなかったさ。

その日、一度も使われなかった巻尺は、ポケットではなく終日私のみぞおちの下に苦しげにぶら下がっていた。ところが不思議なことに、その日から私の心が少しずつ安らいでいったのだよ。つまらないことで妻の足を引っぱったとの自責の念もさることながら、妻が何か違った理由で避妊薬を使っていたのかもしれないとの考えが胸の一隅に芽生えはじめたからだった。

万が一、妻が〝カラス〟の血を恐れて避妊薬を使っていたとしたら、今まで彼女が私に傾けてくれた愛情はすべて仮面であったことになるではないか。いや！　絶対にそんなはずはなかった。私に対する彼女の愛を仮面というならば、それはまさしく天罰を受けることだ。願わくばすべてが私の誤解によるものとして終わってほしい……！　そして、最愛の妻が私の妻として残っていてほしい……！

このようにしてすべての出来事がいい方向へと向うことを秘かに念じているなかでなんとか時間が過ぎていった。甥っ子の民革《ミンヒョク》もよく遊びに来るようになり、もう私の頭の中には自責の念と笑い話としてしか残っていない二回炊きの煙も依然として立ち上がってはいたが、その間に大きく変わったことは、妻が甥っ子と一緒に寝る日が増えたということだけだった。彼女は、以前はそうでもなかったが、私が夜の作業が増えて出かけるときは、甥っ子なしでは寝られないようになってしまったんだ。

私が脱出記を書こうと最終決心をしたのは、ちょうど一ヶ月前のことだ。その日、私は夜勤に出かけることになった。妻は夕飯をすませたあと、私にくりかえし頼むのであった。出がけに兄の家に寄って、甥っ子を必ず寄こしてくれるようにと。だがその日、私は、妻の頼みを聞いてあげられなかったんだよ。兄嫁の話では、甥っ子が古いワイヤロープを拾いに出かけるアッパ（父ちゃん）について行ったということだった。兄はきつい鉱山の仕事をしながらもこのように暇を見ては、ウドンをすくうザル（普通は細い竹や萩でつくるが、ワイヤロープをほぐして編んで作ったザル）をつくって売り、食費の不足分を補っていたのさ。

ところがその日に限って私の夜勤は予定より早く終わった。私が働く技術革新班は、時々突発的な作業ができたときだけ働く夜勤だったので、このように早く終わるときもよくあることだった。聞いてあげられなかった妻の頼みのこともあって、家へと向かう私の足は速まるばかりであった。

午前零時直後の道路は静かであった。一足で階段を二段とびで登っていった。このようにして、わが部門党書記が住む二階の階段もすぎ、三階のわが家のドアの取っ手を握った。ドアの隙間からはまだ明かりがもれていた。

「まだ寝てないのかね？　甥っ子が来なかったので寂しい思いをしてたんだろう……」と言いながらドアを開けようとしたとき、明かりが消えてしまった。

「ちょうど、寝ようとしているところなんだ」と思いながら、ドアを開けようとしたが中から鍵がかかっていた。ノックをした。しかし返事がなかった。

「俺だ、俺だよ」

そのときやっと、「はーい、はい」と言う妻の声とともにドアが開いた。

「まだ寝てなかったの？」

「ええ、少しすることがあったので……」

「こんな時間まで？」

そのとき、私が入るドアの裏に黒い影が張り付いていたことなどどうして想像できようか。妻が部屋の中をかたずけている間、私は無心に作業服を脱ぎはじめていた。そのときだった。外で間違いなくドアが開閉されるような音が聞こえてきたのだ。私は本能的にドッとそのあとを追って飛び出した。注意深くではあるが慣れたように階段を飛び降りる音が聞こえてきた。私はそれを追って走った。しかし、その場ではたと立ち止まってしまった。その瞬間あらゆる思いが頭の中を駆けめぐった。

「だとしたら！　わざわざ追いかける必要があるのか？」と思って引き返すと、階段を登る私の全身には血が逆流しはじめた。こうなってしまったからには妻も事の次第を読みとったはずだと思うと、彼女の顔を見ることができなかった。妻は部屋の隅に顔をうずめて泣きじゃくっていたからだ。

「やめんか！」

私は部屋の真ん中に杭のように立って怒鳴り散らした。

「あなた！　民革《ミンヒョク》のサムチョン（叔父さん）！」

妻が膝をおって座り、涙にぬれた顔で私を見上げた。今までは妻が甥っ子の名前を借りて「民革のサムチョン」と、呼んでくれるのが耳に心地良かったが、その瞬間だけは妻が私をまるで他人のように、そう呼んでいるとしか思われなかった。

「そうだ！　これからはお前にとってはただの民革の叔父さんになってしまうさ。夫ではない……！」

「民革のサムチョン！　そうじゃないんです」

「黙れ！　いいかげんにせんか！」

私はこみ上げる息をはぁはぁさせながら本箱の隅をひっくりかえした。それまで隠していた避妊薬の袋を妻に向けて叩きつけた。

理性を失ったありさまだった。

「これでもそうじゃないと……。どうして？　混血の種を宿すのが恐ろしいからか！　どいつだ！　どいつだというのだ！　答えられないのか！」

がばっと妻のか細い肩をつかまえてその場に立たせた。すると妻は両手で私の腕を抱きかかえて嗚咽し、泣き叫んだ。

「いけません。駄目です。あなたがその人を知ってはなりません。なりません……」

その瞬間、妻がそのまま私の腕を放し「いけません、いけません」と言いながら気がふれたようにふらふらと押し入れの方に行かなかったならば、私の拳は間違いなく振り下ろされていたことであろう。

「いけません。いけません」

妻は魂がぬけた人のようにつぶやきながらゆっくりと押し入れを開けた。そして衣類の下からノートを引っぱり出し、それがまさに最後のカードだと言わんばかりに差し出すのであった。

「それはなんだ？」

私は、それをひったくってちらっと見た。日記帳だった。

「本当に知らなかったの。私がトイレに入っている間に、その人が部屋に入りこんだことを……。しかし純潔です。私の身体は汚れてはいません！　信じてください。死んでも私はあなたのものだということを……」

妻はそう言いながら、再び座りこみ、肩を震わせはじめた。

私はそのときはじめて知った。見たんだよ。妻のボタンのとれた上着の襟元などを。それらは間違いなく必死の力を振り絞った抵抗の痕跡であった。逆流していた血が少し静まったように思われた。瞬間、「……いけません。あなたがその人を知ってはなりません」と妻が叫んだ。妻の叫び声と同時に何かこう閃光のようなものが私の頭の中を走った。私の視線は、ページが開かれたまま手にしている日記帳へと引きずり込まれていった。

十二月四日

今日もまた、その人が来た。夫の心配をしてくれるのは大変ありがたいが、あまりにも頻繁な訪問がなんだかいやになる。それも間違いなく夫が家を留守にするときにやってくるのでますますいやになる。しかも来るたびに気配が変わってくる。まさか四十を越した人が私にそんな思惑で……。でも分からない。

どうすればいいのだろう。今からでも冷たくあたろうか。でも夫のことが心配になるし、そうしないでおこうとすると恐ろしいし……。耐えよう。辛抱しなくては。たとえ死ぬことになっても夫の入党のために……。

相基《サンギ》君！

その日の夜、私は日記帳を最初のページから最後まで全部読んでしまったよ。日付けは飛び飛びではあったが、妻の二年間の生活が記録されたその日記を……。私が日記を読んだのではなく、日記帳が私の目を引きずりこんでいったとでも言おうか。意識が刃の上に上がっているのでふらふらとするが、内容は写真のように迫ってくるではないか。日記の中の何篇かをここに写すことにする。

三月十三日

世帯主（夫）が忙しくて帰れないので昼食を持ってくるようにとの伝言が、二階の部門党の書記を通してやってきた。それで久しぶりに夫の職場であり、かつて私の職場でもあった工場の技術革新作業班へ行ってきた。

工場区内の少し離れたところの小さな建物の中にあり、人員も決して多くないが、技術革新作業班の名のごとく、工場の技術革新の中枢を担うところである。家に来て遊んでいた民革《ミンヒョク》も叔父さんのところへ行くのだと喜んでついてきた。結婚して退職し、わずか半年しかたたないが、目に入るそのすべてがいとおしいものばかりだった。冬でも暖かい日などには陽炎が浮かんでいた赤いトタンの屋根と、塀をへだてた一角にマッチ箱のようにこぢんまりと寄り添っている技術準備室、それらがみな懐かしく思われた。

少女の心を大きな夢へといざなってくれた、しだれ柳の青い芽が揺れるのを見ることができる、赤い小さな窓際の机。そこには私の製図机がまだそのまま残っていた。ちょうど机の主人がいないのを幸いに、そこに座ってみた。胸が高鳴った。まさにこの場所で未来の夫になる人に対するはじめての喜びと悲しみを感じたのだ。そんなかつての日々のことが、昨日のことのように浮かんできた。

機械専門学校を卒業し、あの製図机の前に座るようになった忘れられない初日！　その日に限って、窓際の柳の向こうに見える掲示板の李日徹《イイルチョリ》という名前が、どうしてあんなに私の目を奪ったのだろう。そして〝発明家・李日徹同志《トンム》。クランク自動カンナ製作に成功〟との速報。それとともに〝秀才そしてたゆまぬ努力！　李日徹同志の学習態度〟という中学時代の壁新聞でのタイトルが思い出され、あらためて驚いたものだった。

どうしても登れない大木のように仰ぎ見ていた昔の上級生に思いがけずここで出会った

という喜びと、今や私もあんな青年と肩をならべて働けるという誇りで、向かい合う製図机がいとおしく、窓の柳までもが踊っているようだった。だけどそのすべての喜びがあんなにも早く悲しみに変わってしまうとは……。いつの日であったか！　退勤時間どき、党の細胞書記が重要な問題を討議するので党員だけ残ってくれと言ったその日……。

あぁ！　その日、頭を下げ肩を落として休憩室から出て行く〝発明家〟の後ろ姿を、どれだけ驚いた眼差しで見つめたことか！　学歴は中学卒業で終えていたが、独学で大卒以上の知識と技能を有したあの青年。頭脳でクリアしなくてはならない仕事も、力で乗り越えなくてはならない仕事も、龍馬（駿馬のこと。頭は龍で身体は馬の聖なる伝説上の動物）のように、どんと背負って突き進むあの青年をのぞいては、技術革新作業班の重要問題を討議することなどできない。

しかし、細胞書記のそのような話はその後も幾度となく続き、そのたびに〝発明家〟は尻尾をなくした雄鶏のようになって休憩室から退散しなくてはならなかった。そのとき〝発明家〟が受ける屈辱の前で、私の胸はどうしてあんなに締め付けられたのだろう。それだけではない、彼は〝成分〟が低いということで大学へも進めず、中学時代の壁新聞も今日《こんにち》の速報も、彼にとっては幼稚園児が胸につける勲章程度のものでしかないということを知ったとき、私は誰かに対する漠然とした憎しみを感じないではいられなかった。反面、ずば抜けた頭脳にくらべると信じられないほどに謙虚で勤勉な〝発明家〟に対しては、抑えることのできない同情の念が胸の中に燃えたぎりはじめた。

人々は愛について、ああだこうだと本にも書き、歌もつくる。しかし、そのときの私にとっての愛とは即同情だった。一つの不遇な運命を一緒に悲しみ、励ましてあげなくてはいられないやきもきする想い。その運命のためには身体までも惜しみなく捧げてあげたい衝動……。

私の愛は、このような同情の中から蕾を宿し、花となって開いた。私が製図机の前に座り、ふと過ぎ去りし日の追憶にひたっているとき、民革《ミンヒョク》は有頂天になって自分の叔父が働いている作業場や休憩室を飛び回っていた。この職場では叔父が一番で、だから自分もこの職場を駆け回る資格があるといわんばかりに……。歌まで口ずさみながら……。

十指に数えられる宝玉の原石でありながら、石ころの扱いをうけて生きている叔父の不幸も知らないで、あんなに弾みながら飛び回る民革を眺めると、急に目の前が真っ暗になった。いつの日、そのいつの日に民革の叔父も入党して、自らの真正な価値を享受することができるのだろうか!

四月二十三日

午後、夫の作業服を繕っているとき、カバンを背負った民革が泣きながらやってきた。泣きながら来たのだろう、目のあたりが涙でいっぱいだ。

「なぜ泣いているの?」

「今日から僕、学級委員長やめる」

「いったいなんの話なの?」

「先生がそう言ったんだもん……」

「どうして?」

「わからない……」

私は民革をどうにか泣きやませたが、再び縫い針を持つことができなかった。カバン姿からして自分の家へは帰らず、私のところへ直接やってきた民革の、私に対する期待感が胸に迫ってきたからであった。私の父は市の行政委員会の指導員にすぎなかったが、嫁ぎ先ではそのことをたいそうなものに思っていた。大人たちのその考えが幼い者にまで影響し、民革が自分の家よりも私を先に訪ねてきたことは間違いなかった。泣き止みはしたがまだ涙の溜まっている小さな目が、私をそのまま座らせてはくれなかった。

私は民革に一人で遊んでいるようにと言い聞かせ、そのまま学校へと向かった。文英姫《ムンヨンヒ》という少年団の指導員が、私の竹馬の友だったので彼女に会うことにしたのだ。彼女の話を聞いてみると、たかが子供の些細な問題だろうと思っていたこととは違い、あまりにも大きな問題と結びついていた……。

「二人の間で何を隠すことが……」と言いながら、文英姫《ムンヨンヒ》が話すことはこうだった。

「今度のことは、少年団の入団後に新しく組まれる『幹部登用問題』だというところが重要なの。担任は民革《ミンヒョク》をそのまま学級委員長に選出するとの案を提出したのね。学校では勉強でも学校生活でもあの子ほどの子はいないのが事実だから。でも私が、その案をもって学校の党書記の許可をもらいに行くと、『同志《トンム》。この子の父親が元山からの移住民だということを知らんのかね?』と言いながら、即座に名前を消してしまったの。私はどうしようもなかったんだ。少年団組織はわが党組織の一年生と同じだから、少年団以前の時期の幹部を選んではいけないと言うんだ」

私は文英姫のその言葉に唖然として、口を開くことができなかった。

「どうしようもなかったんだよ。私の立場では……」

「もういい。そんな話……」と、私は話を続けようとする彼女をさえぎり、こう言った。

「そんな話までしてくれて感謝するわ。あなたを本当の家族のように感じる。それで、一つお願いしたいことがあるの。あなたの夫はたしか市の安全部(地方警察庁)の住民登録課にいるでしょう。私の夫の家の履歴を一つコピーしてほしいの」

嫁ぎ先の家の階級のことはよく知っていたことだけど、その影響が幼い者にまで影をおとすことへの驚きが、このようなお願いをさせることになった。

必ず力になってあげるとの言葉を聞いて校門を出ることになったが、私はどういうわけか足がふらついた。

四月三十日
人生が、私に対して何かテストでもしているのだろうか。日々胸の詰まるようなことが続く。今日は食糧配給所で善姫《ソニ》さんに会った。中学時代の二年先輩でもあり、夫とは同窓なので、会うたびに心からの配慮をおしまない、そんな人だ。立ったままあれこれと話し合うなかで、善姫さんが急にこんな話をしはじめた。

「あぁ、そうだ。あの人があんたところへ来たかね?」

「え?」

「ほら、母校で三人目の留学生になっった、そう、贊革《チャンヒョク》という……」

「ああ、あの裁判所長の息子のことでしょう」

「そう、そう。その人」

「その人がどうして私のところへ?」

「じゃ、あの人はあなたのご主人を訪ねてないと言うんだね」

「ええ、よくわからないけど……」

「あの人が留学先から帰国して、一昨日、同窓会みたいな集まりをもったということだよ。自分の家で……」

「それで？」

「食事が始まる前に誰かが、『日徹《イルチョリ》同志はどうして見えないんだ？』と聞いたら、日徹はどこか親戚訪問に出かけて留守なので今回は来れないことになった、こう話したというんだ。当の賛革《チャンヒョク》その人がだよ」

そのとき、わが家の配給順番を呼ぶ声が聞こえなかったなら、私は善姫《ソニ》さんの前に立っていられなかっただろう。

〝成分の低い人だからと遠ざけるならば、黙って遠ざければよいのに、そんな嘘をなぜ？夫が親戚訪問に出かけたなんて……〟

私は胸がつまった。夫を避ける人への恨めしさよりも、得体のしれない恐ろしい伝染病患者にでもなったような、除け者あつかいにされて生きていかなくてはならない夫の境遇があまりにも悔しく、そして悲しかった。

五月九日
ウドン屋に行っての帰り道で、後ろから来たある子が私の手をぐっと握った。振り返ってみると民革《ミンヒョク》と同じ社宅に住む正浩《チョンホ》という子だった。

「民革の叔母さん。民革が泣いてるよ」

「え、どこで？」

「あそこ。あの木の下で」

私はウドンを入れた篭を頭にのせたまま、その子が連れていく理髪所の角を曲がった。新芽がふきはじめた街路樹の下に、民革が立っていた。泣きやんではいたが、思いつめたように木に背をもたせ、遠くを眺めて立っていた。

「民革！　どうしたの？」

私が訊ねると、民革は再びすすり泣いた。正浩が変わって答えた。

「今さっき学校からこちらへの帰り道、あの石橋を民革が先に渡ったんです。そしたら足を引っかけられたんだ。学級委員長をはずされた奴が先に渡ったと言って」

私はその話を聞いて、腹がたち民革を叱りつけた。

「そんなことをされて転ばされて、それでも泣いているだけなのかい？　正浩、その子は誰なの？　腕白者なの？」

「ふんっ、民革《ミンヒョク》より小ものの弱虫さ」

「だったらどうして泣いてばかりで何もしないの？　ダメじゃないの」

「でもさ、あいつの父親は市の党にいるから……」

正浩《チョンホ》の筋違いな答えが私の胸に突き刺さってきた。まさに正浩のその言葉と同じ考えが、今、木に背を向けて立っている民革の二つの目から鋭い光を放っているのだった。だとすると民革はすでに父や叔父と自分の境遇をわかりはじめたというのだろうか？

私はそう思った瞬間、民革を引き寄せ強く抱きしめた。幼い胸にあまりにも早く覆いはじめた冷たい氷を少しでも溶かしてあげたくて……。

民革も泣き、私も泣いた。

五月十五日
道で工場の技術指導員のアバイ（おじいさん）に出会った。私が製図工になったときから、実の娘のように可愛がってくれた人だった。嬉しそうに私の挨拶を受けながら、変わりなく接してくださったその方が「その、ちょっと」と、私を引きとめた。
「以前私が訪問させた科学技術出版社の記者がいただろう」
「ええ、民革の叔父さんを訪ねてきた……」

「そう、そのこと。そのことを街頭駐在員（主に住宅地区の警察駐在員）に知らせたのかね？」

「どうしてですか？　そんなことまで街頭駐在員に知らせる必要があるのですか」

「いや、工場の駐在員がそのことをどこでどう知ったのか、私を追及するんだ。工場に訪ねてきた外部の人のことはまず自分に知らせてもらわないと困るんだと。街頭駐在員が先に知っているとなると、自分の立場がなくなると言って……」

「そうなんですか、知りませんでした……」

「でも、そういうことがあるんだよ。どこで聞き出したかは知らないが、わざわざなんでもないことで引っかけたりさぐったりするんだ」

　こう言うと、アバイは、よく分かったと言いながら行ってしまった。しかし私は、その場をすぐには離れることができなかった。察するところがあったのだ。

　二日前のあの日、私は夫が急いで昼食を終えて出て行ったあと、訪ねてきたその記者をドアの外に立たせたままで帰らせた。そのとき、それを見ていた人がいたとすれば、ちょうどその時刻に石炭灰を運んでいた同じ階の四号室の女の人だけだった。だのにしばらくしてわが家にやってきた人は、階下に住む人民班の班長だった。

「あのぅ。民革《ミンヒョク》の叔母さん。早く一人産まなくちゃ。子供がないのでどう呼んだらいいのやら。しんどい話だわ」

班長はその日に限っておしゃべりで、「ちょっと待てよ。この家もこの前の糞土収集（北朝鮮で肥料にするための回収日）の日、動員に出ていたかね？」とおかしなことを言った。

「は、はい」

「アイゴー。それを私としたことが……」（アイゴーは悔しいとき、腹立たしいとき、また嬉しいときなど感情が高まったときに発する言葉）

班長は舌打ちをしながら、持ってきた手帳に何かを書きとめた。そして次のように続けた。

「ところで、民革《ミンヒョク》の叔父さんを訪ねて来る人は、どうしてみんな心美しく堂々たる紳士たちなんでしょうね？　少し前に訪ねてきたあの黒いメガネの人のように」

「そんなんじゃありません。あの人は工場の技術課へ用事で来た出版者の記者なんですよ」

そのとき、記者が来たとき外に現われもしなかった班長が、どうしてこんな話をするのかと思いながらも、ただ無心にこう答えた。だがすぐにわかった。その日班長は間違いなく四号室の女の人に耳打ちをされ、次に私を通して確認したあと、街頭駐在員に報告していたのだ。だとすると結果は、わが家が日常的な監視対象であるということに間違いなかった。どうしてこんなことがあろうか。どうして……！　たとえ民革のおじいさんが大罪を犯したとしても、そのとき十歳前後の幼い子供たちになんの罪があるというのだ！　ましておじいさんのことをまったく知らない民革にまでその禍が降りかかっているなんて。
民革の父親や叔父には当たり前であっても、あまりにも横暴な話だ。命令された通りに働くことしか知らない純真な人たちに……。あまりにも酷い話だ。かりに民革の叔父さんがこんなことを知るようになったら、胸が張り裂け、生きていけるだろうか！　私には嘘を言い続けることはできないだろうし。どんなことがあってもこのことを知られないようにしなくてはならないが、知られるのではないかと胸が締めつけられる。

五月二十三日
文英姫《ムンヨンヒ》が、ちょうど一ヶ月前に頼んでおいた写本を持ってきた。いっそ見ない方がよかったかもしれない。どうしてこんなことを頼んでしまったのだろう……。

姓名　李日徹《イイルチョリ》
階層別　一四九号家族
評価：敵対群衆
父　李明洙《イミョンス》
日帝時代、富農出身で党の農業協同化政策に不満を持ち元山市〇〇郡〇〇里にて、稲苗冷床苗に対する害毒行為。反党反革命宗派分子として処断。
母　鄭仁淑《チョンインスク》
夫の処断に対する不満とうつ病で現居住地にて死亡。

私は震える手で写本を持ったまま、窓際でぼんやりと佇んでいた。

「一四九号」、「敵対群衆」（党が逆賊とみる階級階層に属する人）、「反党反革命宗派分子」等の、殺伐とした文字が目の前をグルグルと回っているなかで、文英姫《ムンヨンヒ》がコピーを私の手に握らせながら話した言葉が、おぞましく響いてきた。

「こんな写本を引き抜いたということがばれたら自分も終わりだと主人が言ってたわ。一四九号が問題だと言うのよ。内閣決定一四九号によって移住させられたということの意味は、党ではそれを逆賊とみなし代々に渡って抑圧することだって……」

一四九号！　それは実に恐ろしい言葉だった。刻印でも普通の刻印ではない。牧場で家畜の背に焼き付ける鉄の刻印である。昔は奴隷たちにも押したという恐ろしい鉄の刻印が、今、民革《ミンヒョク》の父と叔父はもちろんのこと、民革の軟らかい背中にまで深く刻まれているのだ。

民革の問題を文英姫と一緒になんとかしてみたいとの思惑は、針の穴程度の光明すらみいだせずに終わってしまった。すると目の前には、涙でぐちゃぐちゃにした顔で、私にまず会いに来てくれたあの子、街路樹に背をむけ年齢にふさわしくない虚ろな目で空を眺めていた民革のその顔が蘇り、鼻筋のあたりが火であぶられるように痛かった。あの幼い子がこれからの人生を、父母たちが歩んできた、あの血の滲んだ道を歩まなければならないと思うと、胸が張り裂けそうだった。

私は写本を持った手で無意識に自分の下腹をさすっていた。結婚後、決して早いとはいえないが、新しい生命が芽生え育っていた。恥ずかしくてまだ夫に知らせていなかったことが、本当によかったと思った。すべての母親は、この地に生命を産み落とすとき、その子の幸せだけを願う。一生涯、茨の道を歩む生命だということを知っているなら、そのような命を産む母がこの世のどこにいるだろうか！　もしそんな母がいたとするならば、それは母である前に罪人の中でももっとも残忍、悪辣な罪人であろう。今日明日中に必ず産婦人科へ行こう。

十月二十八日

歳月は本当に早く過ぎていく。窓際の街路樹に燃えていた紅葉はどこかへ消え、裸になった枝の風音だけがかしましい。ずいぶんと寒くなったが、民革は服を暖かくして学校へ行っただろうか？　日がたつほどにあの子が可哀想でならない。まるでお母さんのいない子供でもあるかのように。あの子が学校から少しでも冷たくなって帰ってくると、懐に抱いてあげないと辛抱できない。そういうときには自分の体温で、あの子の父と叔父の凍りついた心も少しは溶かしてあげられると思うと、私の心も限りなく暖まる。

願わくば部門党書記の力で夫が入党さえできたら！　そして将来は民革《ミンヒョク》の父までも……。そしてその鉄の刻印の痕跡を消すことができるならば！　民革があらぬ疑いをかけられたり、犯罪の巣窟を覗き監視するような色眼鏡からわが家が解放されるならば……。

あぁ、そのときには私も新しい生命を生み育てたい。一人でこのような空想にひたっているとき、考えはいつの間にか下の階の党書記へ移る。他の人は私たちを避けたり監視したりするのに、そんなことにかまうことなく度々訪ねてきて私を慰労もしてくれ、夫を助けなさいと励ましてくれるその人が本当にありがたかった。

十一月十三日

押し入れの隅をさぐっていて胸が揺れ動いた。片隅に隠していた避妊薬がなくなっていた。ネズミがくわえていったのか？　そんなはずはない。もしかすると民革が？　いや、違う。そんな悪戯をする民革ではない。だとすれば？　そうだ。誰も疑う必要がない。間違いなく夫の手に入っている。どうしたらいいの！　避妊薬だということだけでも知らないでいてくれれば……。なんの薬なんだねと聞いてこないのを見ると、知らないということでもなさそうだ。すると今まで私の懐妊をそれとなく待ってきた夫がなんと言うだろう。そのとき私はどう弁明すれば？

夫の苦しい胸にどんなことがあっても重なる苦しみを与えてはならないのだが、どうすべきか考えが浮かばない。苦しい、本当に苦しい。

十一月二十一日

密かに炊いていた〝二度炊きご飯〟が、とうとう今日、夫の知るところとなり、〝犬のエサ〟と思われてしまった。だが、犬のエサがどうした、豚の残飯がどうしたと言うの。夫がそれ以上に疑わず、犬のエサだと思ったことだけでも幸せだということ。

どれだけ細心な人でも男はしょせん男にすぎないようだ。毎朝わざわざ出勤時間ぎりぎりにお膳をととのえ、あれこれと口実をつけ、夫の食事が終わる頃、私が食卓について少し食べる。こうして私の朝ごはんを夫の昼食に残すかわりに、夫が出勤すると二度目のご飯を炊かなくてはならないこと。そしてこのすべての〝芝居〟が、配給米がなくなる月の下旬が来るたびに繰りかえされるということをまだ知らないでいるのだから。

「犬のエサ？」ですって。夫が忘れていった巻尺を持って家を出ると、私は一人でふきだしてしまった。しかし、頬には熱いものが流れた。犬のエサで自らの食をつないでいる身の上が切ないからではなく、不遇な夫をこんな方法でしか支えることができない、自分の非力が苦しく切なかったから……。

十二月十九日

　意外だ。まったく意外だ！　以前から少しずつ察してはいたけれど、部門党書記がそんな人だったとは本当に知らなかった。夫が昼食を終えて出かけたあと、しばらくして廊下のドアが開く音がした。部門党書記が部屋に入ってきた。よく訪ねて来るので遠慮がないからなのか、まるで自分の家のようにドアを開けて入ってくることに、私も慣れてしまっていた。だのに今日に限ってドアの鍵を中から旋錠して入ってくるので特別にひやっとした。ふだんは甥っ子の名前をかりて「民革《ミンヒョク》」と私を呼んでいたのとは違い、私の名である「明玉《ミョンオギ》」と呼ぶ彼の口からはぷんと酒の臭いがした。

「明玉！　信じて待つんだぞ。俺の努力がたりないのでうまくいかないのではない。あまりにもしんどい入党対象者だということだ。明玉の連れ合いがだ。うん？」

　ひと言ふた言と話しかけるたびに地をはって近づく、彼の息使いはだんだんと高まっていく。彼が接近してくるほどに後ろへ押されていくので、とうとう部屋の隅に追いこまれた。もう避ける場すらなかった。彼は私の膝の前へじわじわと迫っていた。

「しかし、安心しな。連れ合いの入党問題は俺の腕にかかっているから。この腕に……」

党書記が「この腕」と言いながら振り上げていた手で、私の両手をぐっと握った。目の前が真っ暗になった。このとき、もし私を呼ぶ民革の声が聞こえていなかったら、部屋の中で乱闘劇が起こっていたかもしれない。私が飛び出してドアを開ける間に、党書記は開かれたドアの裏に素早く隠れ、民革の知らない間に風のように消え去った。

民革の前では、平静をたもとうと唇を嚙み締めたが、溢れる涙をどうすることもできなかった。泣きじゃくる私を見て「叔母さんなぜ泣くの？」と、民革ももらい泣きのように涙を浮かべて立ちすくんでいた。私は、「なにちょっと痛いところがあって」と答えた。ひょっと本当に痛かった。悔しく憎たらしくそして哀れな思いで胸が裂けるようであった。ひょっとしたらそれがせめてもの〝希望〟になりはしないかと思って生きてきたそれが、知ってみるとすべて欺瞞の黒い影だったというのか！

泣いても泣いても胸がしずまることはなかった。だからと言ってどこか哀訴するところもなかった。夫がこの事件を知ることになったら、気絶をするかもしれない。だからいくら胸が苦しく痛くても、これもまた一人で飲みこみ生きていくしか方法がない。耐えながら生き続け、こらえきれずに血を吐き死ぬことがあっても夫には……。

相基君《サンギ》！

私はこれでも人間だろうか！　このような妻をまともに見ることなく疑っていた私が、どだ。胸の中でたぎっていた、燃えるような愛も〝犬のエサ〟としか見えなかった私が、どんな夫であり人間だというのだね。私のような者にどうして天罰が下らないのだ。閻魔大王はいったい何をしているんだ……。

私のためにあらゆる蔑みと苦痛を一人で飲みこんでいた妻、今になってみると民革《ミンヒョク》に対する愛もそのまま私に対する愛の延長であった妻、自分は〝犬のエサ〟を炊いて食べながら私のことを案じ、私の境遇と不幸をどれだけ凄絶にとらえていたのか。新しい生命を宿し育ててみたいとの女性の本能までも歯をくいしばり飲みこんできたというのかね！

相基君！

私は日記帳を閉じながら、信じようにも信じられず、信じまいとしても信じるしかない現実の前でただ泣いた。妻は私の手を、私は妻の手を握りしめ、ベットにかけたまま長い間、子供のように泣じゃくった。

そして、決心した。いかなる誠実と勤勉をもってしても〝生〟の根をおろすことのできない、欺瞞と虚偽と虐政と屈辱のこの地からの脱出を！

すでに闇がしのびこんでいた。柱時計がこの地での最後の時間を刻んでいる。今から数分後には、私たちは汽車でこの地を離れ、ある海岸線に到着するだろう。そこには、私が苦心の末に準備し、隠しておいた小船一艘があるんだ。兄の家族を含めて五人の運命がかかる小船さ。もちろん危険千万な脱出方法だ。海岸警備隊や巡察艇の弾丸に撃たれることもあり、風波にのまれ木の葉のように流されることもあるだろう。しかし、こんなふうに生き、最悪の苦悩にさいなまれるなら、いっそ死んで忘れる方がいいとの思いで、命賭けの脱出方法をためらうことなく選択した私たちなのだよ。

もし運命が救いの手をさしのべてくれるならば、私たちが新しい〝生〟を探すことができるかもしれない。しかしそうでない場合、私たちは願うだけだ。波に浮かんでいた私たちの小船によって、この地が人間不毛の地と烙印を捺されることを！

いつまた会えるかわからない。

日徹《イルチョリ》

（一九八九年年十二月十二日）

幽霊の都市

国慶節（北朝鮮は九月九日を国慶節としている）前日の平壌《ピョンヤン》は熱く燃えていた。三ヶ月前から準備してきた行事の最後の日だからそうでもあろう。

韓京姫《ハンキョンヒ》は電車が豊年駅に着いたとき、やっと空席を見つけて座ることができた。地下鉄も地上に負けないぐらい人で溢れていた。軍人や学生、いろんな飾りの品々を持った若い労働者、花束を手にした一般市民や中学生たち、そして棒を持った少年団員の服装をした子供たちがどの駅でも怒涛のように乗り降りした。その身なりや整えたありさまから全部が百万人デモの練習参加者たちだった。

韓京姫はいつのまにか狭められる席を少しでも広めようと、がっちりした体をゆさぶりながらもずっと息子の顔から視線をそらさなかった。手さげカバンと抱きかかえている三歳児は、まるでノリでひっつけたように彼女の胸にへばりついていた。一方の頬は母親の豊満なオッパイに押しつけ、まわりの人を見上げる息子の病的な視線には、不安と恐怖の影が色濃くにじんでいた。電車が走りだすと、熱気と騒音で息のつまりそうな空気がひとき涼しくなり、胸が少し開かれる思いであった。すると突然韓京姫の耳元に、託児所の保母の一段大きな声が蘇ってくるのであった。体型も闊達《かったつ》な気性も韓京姫とよく似ているので、人々が姉妹のようだというその保母は、迎えに来た多くの保護者の前で、息子を抱いてくれながら、こんな長広舌を披露するのであった。

「水産物商店の支配人さん！　あなたがこの子に〝おばけ〟の話でも聞かせたんじゃないの？　言うことを聞かない子供は大きな革の袋に詰めこみ井戸に投げこんだという、あの〝ばけもの〟の話をだよ。この子は今日の昼寝の時間にも『おばけ、おばけ』と言いながら、汗をびっしょりかき、ひぃひぃと泣くんだよ。なんでまた支配人みたいな大きな体の中から、こんなひ弱い子が出てきたんだろうね」

「ははははは。保母さんにかまってほしいからだろうね。私に似ていたらそんなはずないから、ほかの誰かに似たんでしょう？」

韓京姫はつくり笑いをした。三十六という年齢で肝っ玉のすわった大物の女性支配人だと噂される韓京姫だったが、保母が「おばけ」という言葉で迫ってくるので、いささかあわてずにはいられなかった。もちろん保母の言葉は、駄々をこねる子供をどうにかしてほしいとの不満を、遠まわしに言っているにすぎなかった。しかしその言葉を、そのままには受けとれない韓京姫《ハンキョンヒ》だった。彼女は、「保母が何かを感づいているのでは？ でなかったならどうして〃おばけ〃という言葉を正確にいい当てることができよう？ いや、それしきのことを知ったところでどうだというのだ。気の弱い人たちの取り越し苦労にすぎない」と考えた。

韓京姫は勝利駅で降り、家路をたどりながらも、こんな考えから逃れられなかった。赤衛隊員（労農赤衛隊は北朝鮮の市民による民間防衛組織）らが万歳を叫びながら閲兵訓練をしている金日成広場の近くに来て、やっと彼女は考えをやめた。赤衛隊員の頭越しに五号アパートの六階にある彼女の家の窓がはっきりと見えた。ここから金日成広場を通り抜けるとすぐに彼女の家に着くことができた。しかし今日はそんなわけにはいかなかった。訓練をする人のためではなかった。広場へ入る場合、今日に限って寝もせず目をきょろきょろさせている息子が、間違いなくあの〃おばけ〃（広場の横にあるマルクスの肖像画のこと）を見なければならないからであった。

「この子ったら、弱々しいお父さんに似ているばかりに……」

韓京姫は声にならない声で息子に文句を言いながら、いつもの帰り道とは違う子供服商店の方へ歩みを変えた。小さな体格も気弱な気性も本当に父親そっくりの息子であった。そうでなければ、たった一つの肖像画を見て、ひきつけを起こすだろうか！ 韓京姫は夫のことさえなければすぐに病院に行くなどして、息子に対する対策を講じたはずである。しかし夫がそのことを表沙汰にしたくなかったため、できなかったのだ。いくら三歳の子供だといっても、宣伝部の指導員の息子がマルクスの肖像画に驚き病気になったということは、大きな問題になるに違いなかった。その上最近は国慶節行事の大詰めの段階である。今度の行事のあとには厳しい総括事業（ある特定の活動を終えたあとの思想総括）が続くというが、なんとしてもそれに引っかからないようにして、残り少ない日を過ごそうと考えた。それが息子の病に対する夫の唯一の対応策だった。

韓京姫は今抱いている子が急に重たくなったように思えた。ここ数日間、灰色の雲になったり晴れたりしていた空が突如南風に変わった。黄色く散った柳の葉やビニール片などが風に吹かれていく子供服商店の裏道を通り抜けると、広い中央道路が目の前に現われた。行事の日が迫った街は、タテガミを怒りたてている猛獣を連想させた。道路の両側に揚げられた激しくはためく無数の旗、あちこちにある巨大な慶祝板やスローガンなどの目を刺すような色彩、要所ごとに糾察隊が吹く鼓膜の破れそうなホイッスルの音……。青い放送車が、今にもひっくり返りそうなけたたましい音をたてながら狂ったように疾走していく。離着陸のために時々都市の上空を低く飛んでいる飛行機が、大きな爆音を響かせ人々の肝っ玉をひやっとさせるほどに急上昇を繰り返し、人々をどこかへと駆り立てているようであった。

韓京姫《ハンキョンヒ》は道路を行き来する人々のように、落ちつかない足どりで家に着くと、まず子供のおもちゃを部屋の中に広げた。

「明植《ミョンシギ》はかしこいね。さぁ、これで遊ぼうね、いい？　チッチポッポ、チッポッポ……」

彼女は息子がおもちゃに気をとられている間に、窓に内重ねの青いカーテンをひいた。彼女の家はアパート六階の外側に面し、窓がそれぞれ南と西に向いていた。そのため南側の窓からは、広場の西の武力部（国防省）の庁舎の壁にかかっているカール・マルクスの肖像画が、そして西の窓からは広場の首席壇の上にかかっている金日成の肖像画が見おろせた。今、明植の目には、その二つの肖像画が見えてはならなかった。しかし、すでにひかれていた白いナイロンのカーテンだけでは、それらの肖像画を完全にはさえぎれなかった。さえぎれないばかりかカーテンからぼんやりと映る肖像画は、むしろもっと恐ろしい様子になっていた。ましてやマルクスの肖像画を横で直接見てびっくり仰天した明植には、想像力まで重なり、いっそう怖がらせたのである。

先週の土曜日の夕方のことだった。金日成広場では、行事に積極的に参与させるための市民決起大会があった。行事が迫っているため市民の退勤時間に合わせて組まれたものだった。韓京姫は息子が風邪をひいていたので、子供をおぶったままで大会に参加した。

もともと弱い体で生まれたからであろうか、よく風邪をひく子であった。背中が熱いのをみると熱が普通ではなさそうだ。韓京姫の中区域の隊列は広場の左はしの先頭にあった。まさにマルクスの肖像画が頭の上から見下ろしているところである。まだ照明が入ってない黄昏の薄明かりの中で、肖像画のもじゃもじゃのあごひげに埋もれたような赤黒い顔は、正常な人をもどこか背筋をぞっとさせるものがあった。だからであろうか、韓京姫の頭には、いつか大学時代に読んだ『共産党宣言』の冒頭の部分が浮かんできた。

「一匹の幽霊がヨーロッパを徘徊している。共産主義という幽霊が」

マルクスはそのとき、自叙伝でも書いていたんだろうか？　その表現はこの時刻、目の前にあるマルクスの肖像画にぴったりと合致するようであった。それはまさに、人間ではない何かであった。だからこそ、どうしようもない不安感が彼女の思いを曇らせたのかもしれない。

韓京姫はそのとき、大会の途中で息子がむずかりはしないかと終始心配であった。そしてそれはたんなる不安では終わらなかった。大会が始まりスピーカーから司会者の声がガンガンと吐きだされると、驚いてかそれともその声が神経に障ってか、息子が声をあげて泣きだした。韓京姫はあわてた。なぜ子供をおぶって重要な大会に参加するのかと非難する声があっちこっちから聞こえてくるようであった。韓京姫はおぶっていた子を急いで前にまわして抱っこした。そうしながら苦しまぎれの一策でつぶやいた。

「おばけ、あそこにおばけが！」と。

　息子はそのまま泣き続けた。今度は息子を抱えあげて視線がマルクスの肖像画とかち合うようにして、何回も何回もつぶやいた。

「おばけ！　おばけ！　……」

　突然、息子が泣き声をとめた。韓京姫《ハンキョンヒ》はふーと溜息をついた。しかし次の瞬間、彼女は自分の胸に顔を押しつけてくる息子の火のような五体から伝わってくる異常な痙攣を感じとった。

「明植《ミョンシギ》や、明植や……！　どうしたの！　いったいこの子は！」

　韓京姫は仰天した。口からはアワをふき、息子はすでに白い目をむいていた。近くにちょうど医者がいたからよかったものの、そうでなければ韓京姫はその日恐ろしい目にあっていたかもしれない。

　明植はその後、家でも二回このようなひきつけを起こした。今度は、窓に映る〝おばけ〟がその子を驚かせた。二回目のひきつけは充分に予防することができたにもかかわらず、韓京姫の不注意から起こったものであった。南側の窓だけでなく西側の窓にも青いカーテンを掛けてやらなくてはならないのに、そうしなかったからである。マルクスの肖像画を見て一度気を失った明植の目には、西側の窓からしのびこむ金日成の肖像画までもがまったく同じ〝おばけ〟に見えたのであった。

息子はそれでもおもちゃに気を取られていた。韓京姫はすべての窓に青いカーテンをかけておいたが、心の中はますます複雑であった。彼女の胸の中には、今また窓の外から「六階三号室！」と叫ぶ、街頭担当の党書記（住宅地域のある地区を担当する党書記のこと）のとげのある声が、聞こえてくるような不安からであった。予感したようにその声が聞こえてくるならば、もうすでに三回目になる。だから今度は重ねカーテンのことで、街頭党書記がおとなしく退散しようとはしないはずである。

「六階三号室！」

想像の中で聞こえてくるのと同じ声であった。

「六階三号室！」

「あっ、はい」

韓京姫は日ごろは出さないよそ行きの声を出した。

「ちょっと降りてきなさい」

「とうとう……」

韓京姫は明植を抱え、階段を降りて外へ出た。

「支配人同志《トンム》！　こんなことをするなんて、本気かね？」

　四十をはるかにすぎているのに唇が赤く、度数の低そうな白ふちのメガネをかけた街頭書記の声は、最初から冷たかった。

「書記同志。すみません。それで……」

「いいよ。もう三回目だから、長話をしなくても分かると思うが……」

　長話はしないと言いながらも街頭書記は言葉尻をとらえ長話を始めた。

「支配人同志はあの白いナイロンのカーテンについて何か意見でもあるというのかね？今度の行事には外国人もたくさん来るし、わが街が中心街だというので党が配慮してくれたあのカーテンにだよ！」

「意見だなんてとんでもない。その、私は……」

「見なさい。他の家では色がみんな同じなのに、あなたの家だけは、どうしてあんなに目立つのかね！」

　書記は資料をあちこちページをめくって一軒ずつ指さしながら、韓京姫《ハンキョンヒ》の家の窓を射るような目つきでにらみつけた。

「だからですね。そんなことではなく、以前話したようにですね……」

「毎回、今のようにああだこうだと言うけど、私にはとうていわかりませんね。支配人同志がどうしてそんなに強情なのか。集団生活から離れてまで肝っ玉の大きい支配人にならなくちゃならないのかね？」

「そこまで言わなくても……」

「そこまでだって？」

ネズミの息ほどささやかな反抗に、書記の怒りは象の鼻息ほどに高まった。

書記は突然、脇の下に挟んでいた赤い表紙のぶ厚い〝作業ノート〟をぱらぱらとめくりはじめた。

「見ときなさい！　どうなるか」

「それでもあんたの家は信頼できそうな家なので、腹をわって知らせてあげるんだよ。『五号棟六階三号室は、毎日退勤時間の午後六時から翌日の出勤時間まで窓に青い重ねカーテンを掛けるが、これは怪しい。何かの接線（スパイとの連絡）暗号かもしれない。申告日九月六日』こんな通報が来ているんだよ……」

書記はノートを閉じながら韓京姫に視線をじろりと移して続けた。

「こんな通報が、街頭書記には入ってきていないと思うかね。それでも『そこまで言わなくても』なんて答えるというのかね？」

韓京姫は瞬間目を丸くして立ちすくんだ。しかし、すぐさま胸の中から何かこう大きくて重たい塊が込みあがってきた。えてして肝っ玉が大きく腹が据わっていると言われる人は、何かをこらえ自らを牽制する上でも、そのような気質で耐えこらえるものだ。しかしいったんその忍耐が限界をこえると本来の太っ腹が二倍にふくらみ、大きくはじけるものだ。

「接線暗号ですって？　ハハハ」

韓京姫《ハンキョンヒ》は急に笑い声を弾かせた。

「アハハハ……。ハハハ」

彼女はそのまま噴きだす笑いをこらえられなかった。

「かあちゃん」

胸に抱かれていた息子が、母の異常な笑い声におびえた声を出した。同時に今度は街頭書記が大きく目をむいた。

「えいっ。こっちもみんな話しますよ」

息子を抱き上げながらこう言う韓京姫の声は、実に堂々たるものであった。ひとしきり笑いとばした間に、細々とした憂慮などは彼女の胸からこぼれ落ち、ひき臼のようなずぶとさだけが残っていた。何が怖いものか？　と。

韓京姫はおかっぱ頭の人民学校（小学校）のときから、赤い線が二〜三本ついた少年団幹部の標識が腕からはずれることはなかった。大学時代と社会に出てからも、やはり幹部という名が針に糸のごとくつきまとった。かりにいくばくかの失敗をしでかしたとしても、〝被殺者遺家族〟（朝鮮戦争当時、韓国軍に殺された人の家族）という頼もしい背景がしっかりと彼女を支えてくれていた。夫も外見はともかく、やはりそうそうたる革命学園（金日成がパルチザン時代のいわゆる革命家の遺児たちを集めた学園）の出身者だった。小心な夫の気性に似てか、びくびくしがちの息子ではあるが、そんな年端も行かぬ子供のことで、あんなに萎縮させられるとはいったいなんだというんだ！　息子がマルクスの肖像画を怖がったからといって彼の思想に反対したとでもいうのか？

「みなまで語る必要もないでしょ。ハハハ。スパイの嫌疑を受けるような、それ以上のことがあるとでも？」

韓京姫はわけもなくこみあげる笑いをやっとの思いで抑えながら、広場で起こったことから始めて、息子の病気のことや青いカーテンのことなどをひと思いで吐きだした。

「だとしたら、マルクスの肖像画が見えないもう一方の窓までどうして隠すのかね？」

「その窓から、あそこ、首席壇に飾られている偉大な首領様の肖像画が見えるからなんです」

「それで？」

「あるじゃないですか。スッポンに驚く子は釜の蓋を見ても驚くと……」

ついでにとばかりに韓京姫《ハンキョンヒ》は、息子が金日成の肖像画を見てもひきつけを起こしたことまで全部話した。

「な、なんだと！　偉大な首領様の肖像画を見てもだと？」

街頭書記の白ぶちのメガネが格別に鋭く光るようであったが、すでに腹が据わっていた韓京姫にあっては別段気にかけることもしなかった。

「そういうことですから、あの重ねカーテンのことは少し理解してほしいということです。子供だけをずっと見ているわけにもいかず、だからと言って部屋の中で動けないようにくくりつけておくこともできず。どうしろと言うんですか。行事当日の明日は重ねカーテンはかけませんよ」

「そんなことは当たり前だ。重ねカーテンなんかだめだ。絶対に」

書記は刀で刺すようにまず否定してから、突き刺すような声で言葉を続けた。

「これは単純なカーテンの問題ではなく、党の唯一思想体系と関連する問題なのだよ。今度の行事の総括が思想闘争の雰囲気の中で進められるということは支配人同志も知ってるでしょう。もう、これ以上は言わんよ」

韓京姫は何か答えようとしたが、そうはできなかった。書記が獲物をとらえたトンビのように、悠々と大同門の映画館の方へ消えてしまったからであった。

韓京姫の家の窓から重ねカーテンが外されたのは、それから約二時間がたってからのことであった。それも韓京姫ではなく、夫の朴成一《パクソンイル》によって。

街頭書記の侮蔑的な最後の言動に不快になった韓京姫は、「ふん」と鼻であしらいながら台所で夕飯の準備をしていた。思いがけなく夫は早い時間に帰ってきた。

「君、重ねカーテンをなんでまたしたんだ……、ええ？」

夫は何をそんなに急ぐのかと思うほど、敷居をまたぐ前に、台所のドアのノブを握ったままで大声をあげた。顔色が悪いためにいつもはとりわけ黒く見える眉毛が、八の字を逆さまにしていた。

「あぁ、今日はなんでみんながこんなに……あなたまで？」

部屋に通じるドアを開けたまま、子供をあやしながらナスをきざんでいた韓京姫の眉間にも川の字が現われた。

「えらいことになった、えらいことに」

夫はあわてて部屋に入りこみ、両方の窓のカーテンをじゃじゃっと開けたようであったが、息子を連れて再び台所に現われた。

「俺があれだけ言ったのに耳に入らなかったのか！　地方から嫁に来て何年たつのか。都市の生活がどうしてまだそんなに分からんのだ？」

夫はあきれたと言わんがばかりに言い放ち、上がりかまちに座りこむと、韓京姫《ハンキョンヒ》の顔から視線をはずすことなく言葉を続けた。

「俺がこないだも、冗談のように〝兎営三窟〟という話をしただろう。自らの安全な生活のために三つの洞窟を持って生きるというウサギの話だよ。石橋も叩きながら渡らねばならないのが、この平壌《ピョンヤン》という都市で生きるための理《ことわり》だということをだよ」

「ええ、でも……、どうしてこうなの、今日はみんな」

夫は答えのかわりにしばらく韓京姫を見つめていたが、ポケットをさぐって煙草を口にくわえて火をつけた。そしてプカプカと音を出して吸いこんでいた煙を「フーッ」と一息で吐きだした。

「お前は……」

夫はマルクスの肖像画を指でさしながら話した。

「あそこのマルクスが書き残したすべての理論の中で、一番偉大な理論が何か知っているかね？」

「まあ！　今日は私が大学時代にまで戻らなくてはならないのですか？」

「馬鹿をいわず、俺の話を聞け。この国の中だけの話かもしれないが、資本論でも科学的共産主義建設の理論でもなく、ずばりそれは、プロレタリア独裁理論なんだよ。なぜかというと、資本主義の武器が資本だとすると、われわれが住む社会主義の武器はプロレタリア独裁だからだよ。プロレタリア独裁！　それがどういうものかを知っているがゆえにこの都市の人々は、誰もが〝兎営三窟〟に従って生きているんだ。だのにお前は、被殺者遺家族というものだけを頼りにして、なんの心配もせずに生きているのだ。いったん〝独裁〟にひっかかるとその被殺者遺家族なんか問題にならないんだよ。お前は伝説の中の〝おばけ〟は知っていても、現実の中の〝おばけ〟のことは、あまりにも知らないで生きているということなんだ」

夫の目は燃えていた。夫にもこのような情熱があったのかと思うほどであった。

しかし出だしから考えがずれていた韓京姫は、夫の話が一段落すると待ってましたとばかりにずばっと反論した。

「もういいんです。今日あなたにどんなことがあったのかは知りませんが、私にはそんな哲学の講義を聞く暇はないわよ」

「それみろ。今もお前がどれだけ天真爛漫なのか……」

夫はどうしようもないと言わんがばかりに、座ったままで足を踏み鳴らした。

「俺は、今、区域の保衛部長室から帰ってきたんだ。保衛部長室だ！」

「保衛部長室ですって？」

韓京姫《ハンキョンヒ》は急に厳しい表情になって夫をさぐるように眺めた。瞬間、夫のすべての言動がはっきりとくみとれた。

「あぁ！　分かりました。接線暗号。その接線暗号のためでしょう」

「なに？　じゃお前も呼ばれて行ったのか？」

「いいえ。さっき街頭党の書記が来て、そのような通報が自分だけに入ったんではないとか、なんとか……」

「じゃ、お前もみんな話したのか。あの重ねカーテンの理由を？」

「みんな話しました。接線暗号だなんだのとの嫌疑を受けることよりももっと大きなことがおこりますか？　接線暗号だなんて。ハハハ……」

「笑いごとじゃないよ。笑いごとじゃゃ！　虚弱な俺の体質を受けついだ息子が、あんな病気を患うようになったと繰り返し話すと、保衛部長がなんと思うか、分かってそう言ったのか？」

「……なんと思うの？」

「遺伝するのは体質だけだと思うか？　精神も遺伝することを知らんのか！」

「精神？」

「そう。首領様の肖像画をこわがる精神を息子に受けつがせた俺やお前の思想はどんなものなんだ？　え？　答えてみろ」

「いいえ。それは……」

「答えてみろと言ってるんだ！」

　夫が急き立てたが、韓京姫は次の言葉を思い浮かべることができなかった。窓の外で刃のようなものが光ったかと思うと、階段をドラム缶がころげ落ちるような雷の音が続いた。半開きの出入り口をドカンと閉めてしまった風の音とともに、窓ガラスをたたく雨の音が聞こえはじめた。

　雨は夜更けまで降ったり止んだりであった。明植《ミョンシク》は浅い眠りの中でびくっとし、一時間に何回ほど目を覚ましたか分からない。韓京姫はこんな息子を安心させようとして、夜が明けるまでベットの枕もとに座っていなくてはならなかった。最後の苦しい峠を乗りこえなくてはならない国慶節の前夜であった。雨脚が弱まるたびにどこかで点滅する慶祝燈の光が、窓ガラスに三色の花を咲かせていたが、それは祝日のときよりもはるかに多くの煩わしさを人々の心にもたらせるだけである。韓京姫はうとうととしたが驚いて目をさまし、機械的に息子を手さぐりした。そしてまたこっくりこっくりと舟を漕いだ。

　雨の音、風の音、そしてくぐもった都心の夜の音……。とうとうそのすべてが一つの蕭然とした和音を醸しだし、韓京姫の目の前には見知らぬ世界が広がっていた。

させる気か！」

「おばけ！」という声が、どこからか都市全体にびんびんとこだましてくる。

「家へ帰って寝もしないで、こんな時間まで何をうろついているんだ。明日の行事を失敗させる気か！」

あれはなんだ？　二つの高層ビルの屋上に両足をかけてどなっている毛むくじゃらのあの怪物のようなもの……。そうだ、あれがまさに〝おばけ〟なんだ！

韓京姫《ハンキョンヒ》は気が遠くなるほど驚いてどこかに向かって一目散に走りだした。よく見るとおばけが踏みつけて立っているアパートには、蜂の巣のような窓があり、その窓のすべてをぎっしりとうずめて緊張顔で外の動静をさぐっているのは人間ではなくてみんなウサギではないか！　ああ、あれが夫のよく言う〝兎営三窟〟のウサギなんだ。ところが不思議なことに、韓京姫自身もいつのまにか〝兎営三窟〟に飛びこんで座っているのであった。

周囲を見回わすと、とりわけ弱々しく見えるウサギ一匹があちらのベットに横たわって寝ているのであった。気だるそうに横たわっているそのウサギは、可哀想に口をぽかんと開けたままいびきをかいていた。おばけの叫び声にいつも追い回されてあのようにやせ細ったようだ！　でも、開けた口の中に見えるあの歯はまたどうしたものか？　ちょっと待って。ではベットに寝ているのはウサギではなく夫とでもいうの！

「ううーん、かあちゃん」

「よし、よし、ねむれ、ねむれ……」

息子をあやしていた彼女の手が、またしだいしだいに止まりはじめた。激しい風雨が吹きつけていても、この都市は疲れ果てて眠りの中にあった。

夜が明けると人々はまず空を見上げた。男女老少を問わずこの朝の空を見上げなかった人は、平壌《ピョンヤン》にはただの一人もいなかったであろう。この日に向かってヘドが出るほど走り続けた三ヶ月余りではなかったのか。ところが今日に限って天気はあやしかった。天は今、降り続けている雨水が足りないとでも思っているのか、とめどなく墨のような雲を呼びこんでいた。

しかし幸いにも六時ごろに雨がやんだ。兵営から、学校から、工場から、そして家の中から百万の行事参加者たちが、いっせいにがやがやと動きはじめた。だがそれから三十分もたっていないのに、空は再び蛮勇をふるった。今度は雨が降るという程度のものではなく、天をひっくり返したかのようなどしゃぶりの雨だった。人々でいっぱいの地下道、公共建物の庇《ひさし》の下、アパートの廊下や玄関、地下鉄の入り口とバス停留所の待機室などでは、あっという間に水がぶくぶくとわき上がりマンホールなどに溢れた。

八時、九時……。豪雨は、行事開始時間の十時をわずか四十五分だけ残す時刻になって、それではやってみなと言わんがばかりにばったりとやんだ。そして「定時行事不可能」と書き置いたように、羊角島から牡丹峰の間に虹をかけていた。

サドン平野の方の空も藍色に変わりはじめた。今や天気は完全に晴れそうな兆しを見せていた。市内に散らばっていた百万の群衆が、四十五分以内に広場に集合できれば、今日の行事はすかっと晴れた空の下で定時に見事に進められる予定であった。しかしそれは、朽ちた木から青い芽が芽生えることを期待するようなものであった。

やんだ雨足のかわりに空には無数の電波が飛び交いはじめた。その中には、「三ヶ月にわたって準備した北朝鮮の国慶節行事、大雨のために後退!」との、ある西側の国の記者が本社に発信する電波も含まれていた。しかしそれは、この都市を知らない人々の純真な考えであった。

「市民に告げる! 行事は定時に決行される。各団体と行事参加者たちは、自らの集結場所に無条件に到着せよ!」

第三放送(有線放送)の声が平壌《ピョンヤン》中の人々の鼓膜に響いた。人々は鉄砲の弾が飛び散るように飛び出しはじめた。すべての地下道と公共建物の庇の下とアパートの廊下や玄関、地下鉄の入り口とバス停留所の待機室などから……。

しかし韓京姫《ハンキョンヒ》だけは、その拡声機の声をひとり、物寂しい自分の家の中で聞いた。彼女は行政単位の責任者ではあったが、病気の息子のおかげで参加者名簿から除外されたのである。それでも家の位置が位置だけに、行事全般を誰よりも正確に俯瞰することができた。放送は変わらず〝無条件到着〟を督促していたが、広場はまだがらんとしていた。時計の針はすでに十時三十五分前だった。

三十分前、二十五分前……。

奇跡が起こりはじめた。広場に一つ、二つと四角い豆腐のような隊列が形成されはじめた。隊列は続々と増えていった。あたかも〝無条件〟というその言葉が、都市のこちらからあちらの端までを魔術師に操られ、人間を串刺しにして広場に次々と振り落としていくかのように……。ついに十時五分前には、色とりどりの豆腐の隊列で広場は埋め尽くされた。第一百貨店の両側の道路から少年宮殿の前とチャンジョン十字路へ至るまで、人々の隊列がぎっしりと続いていた。

首席壇に国家幹部たちが現われた。広場には暴風雨が過ぎ去った夜の海のような、息が詰まりそうな重苦しいどよめきが流れていた。

「市民に告げる。われわれは今、人々を戦慄させる驚くべき奇跡を起こした。九時五十五分現在、百万の群衆が待機場所に全員集結した。今しがた暴風が去ったばかりの最悪の四十五分の間に、わが百万群衆は……」

韓京姫は再び聞こえてくる有線放送を聞きながら、知らず知らず両手で胸を抑えた。なぜか心臓がぶるぶると震えはじめた。

戦慄！　……放送でのその言葉がもっとも的確な表現だった。たった今、韓京姫《ハンキョンヒ》の目の前で展開された出来事は、驚嘆を引きおこす奇跡というよりも、戦慄を呼びおこす恐ろしさであった。死の階段を逃れる切迫した事態でも、あのようには行動できないであろう！わずか四十五分の間に、この都市に散らばっていた百万の群衆が広場に集合するとは！どのような力が、どんな恐ろしい力がこの都市にこのような不可思議な事態を生み出させているのだろうか？　韓京姫がそれなりの答えを出せるようになったのは、それからちょうど半月が過ぎてからのことであった。


まるで思想闘争のような中で行われた行事の総括は、全国各都市で延べ一週間の間続けられた。各単位の総括の会議場では、党書記の鋭い声とともに演壇がドンドンと叩かれた。その前で首をたれて立っている人々は絶望的な溜息を吐いたり、唇を噛みながら辛い涙を飲みこんだりもした。

行事に妨害を与えたと考えられることは、大きなことから針の穴ほどのものまで徹底的に審判された。その中でも一番大きい刑罰は、そのほとんどが〝追放〟であった。スコップで汚物をかき出すように、追放は仮借なく進められた。追放される人は、引越し荷物を自分で荷造りしなくてもよかった。いったん「同志《トンム》は行事の期間、×××したことが問題になり党の処置により地方へ行くことになった」との〝判決〟が下ると、そのあとのことは一瀉千里に片づけられた。すなわち、該当する保衛部員の立会いのもと、職場の何人かの幹部たちが藁袋と縄を担いできて、主人が手をつける間もなしにまたたく間に荷物を包んでしまうのだ。その作業は、追放地行きの汽車の時間とぴったり合わせて進められた。そして荷物を自動車や汽車に載せるとどこか異国のような遠い遠い目的地に到着するまで、保衛員が一歩も離れることのない徹底した同伴者になってくれるのであった。

韓京姫たちの生活用品が、そのようにしてトラックに積みこまれたのは、ある一本の北行列車の出発一～二時間前の夜の十一時頃であった。もちろん彼女夫婦が受けた〝判決〟の内容は、「……家庭革命化をなおざりにし、子供の教育に欠陥があって、行事を害する行為を行ったばかりか、共産主義の始祖であるマルクスの肖像画を卑俗化し、首領様の肖像画を釜の蓋にたとえるなど党の唯一思想体系をうちたてる事業に、きわめて重大な過ちを犯したので、ここに……」であった。

九月中旬の夜の冷気の感じられるトラックの荷台の上の、寂しい引越し荷物の間に四人が座っていた。韓京姫家の三人と保衛員だった。助手席が空いていたが保衛員も荷台に上がっていた。うたたねから覚めた息子が泣きだした。その泣き声と韓京姫夫婦のあごにしっかりと締められた三角帽子だけでも、受難者の悲壮感がひしひしと迫ってくるトラックの風景であった。立て続けに吸う夫のタバコから飛び散った火が、何かの包みの上で火花を散らしていたが誰も消そうとはしなかった。

エンジンがかからず運転手が手を尽している時間はそんなに長くはなかった。しかし、その短い時間にも韓京姫《ハンキョンヒ》の脳裏にはいろんな思いが交差した。何かに一度ぶん殴られたように頭が呆然とするなかでも、考えだけは次から次へと浮かんでくるのであった。直面している厳しい現実とはあまりにもかけ離れた、遠い昔のままごと遊びのこと、陶器の茶碗に砂のご飯をよそったりしたことが思い出された。かと思うと、お転婆だと言われて隣の青年ととっくみあいの喧嘩をしたことなどが浮かんできた。また、大学時代の冬休みに汽車から降りて、三十里（北朝鮮の十里は日本の一里《四キロ》なので十二キロ）の夜道を一人で帰ったとき、「この子は豪傑の死神でも付いているのか、恐いものしらずだ！」と舌を巻いていたハルモニ（おばあさん）の言葉も思い出した。

本当に生まれつき肝っ玉が大きく、その上に被殺者遺家族の韓京姫という女は、今まで恐ろしいという言葉をあまりにも知らないで生きてきたのだ。しかし、今はそれを知ることができたようである。

バタンと、運転台のドアの閉まる音がした。車はブルンという音をたて動き出した。すると妄想は一挙に消え去り、まるで見送ってくれるかのように、懐かしい我が家の窓明かりだけが彼女の視野に入った。韓京姫の胸の中から熱いものがどっと噴き出しそうであった。しかしその瞬間、それを抑えとどめる何かがあった。横に陣取っている保衛員の刃の先のような険しい目付きのせいなのか。でないならばあの政務院庁舎の屋上にあるネオンサインの光のためであろうか。無心に左を振り向く韓京姫の目に、強い照明に照らされた二つの肖像画が飛びこんできた。顔面が全部ヒゲに埋もれたマルクスと恐ろしげに口をつぐんだ金日成の肖像画だった。

「出ていけと言ったら黙って出ていくんだ。なんたるざまだ。これは俺の都市だ！　お前の都市だとでもぬかすのか？」

〝幽霊〟どもの鋭い刃のような毒舌が、容赦ないその拳が、韓京姫の胸の中からこみあげようとする悲しみをことごとく抑えこんでいるのであった。

韓京姫は突然、ぶるぶると震えだした。九月の夜の冷気のためだけではない。この地で〝生〟を保とうとしたら、早くから知っておかなくてはならない恐ろしくも怖いものが突如、胸を蔽いつくした。今になって、都市に散らばっていた百万の人員をたった四十五分の間に広場へ引き寄せたそれが何であったのかも悟ることができた。もし夫が、今また「あなたはあそこのマルクスのすべての理論の中で一番〝偉大な理論〟が何か知っているかい？」

と訊ねてくれたなら、彼女はより学術的に、より真摯に、しかも骨身にしみて答えてあげたであろう。

トラックは平壌《ピョンヤン》駅に向って走っていた。国慶節の前日に夢で見た、あの〝兎営三窟〟とあまりにもよく似た道路の両側のアパートにつらなる窓……。午前零時に近い時間であったが、その窓からトラックを見下ろしている無数の視線を韓京姫《ハンキョンヒ》は感じていた。今、その視線の主人たちである〝兎営三窟〟の百万のウサギたちは、韓京姫たちを見下ろしながら、こんなふうに指さし、囁いていることだろう。

「今すぐにでも〝おばけ〟の命令が下るならば、四十五分ではなく、それよりももっと早く、無条件に広場へと集合する。大号令を出してください」と！


（一九九三年四月）

駿馬の一生

寒い。きらめく吹雪が大地にぶつかった。煙突の煙もヒューヒューととぐろを巻いて舞い上がり、どこかへ尻尾を巻いて逃げていく。

鄭英一《チョンヨンイル》も素早く事務所の鍵を開け、追われるように飛びこむと、ブルブルと身を震わせてラジエーターの上に手をかざした。テーブルの上の電話のベルが鳴っていたが、それは後回しであった。ところでラジエーターといえば死人の息ほどにもならなかった。石炭をくべていたボイラーには今ではしめったおが屑がくべてある。そのおが屑すら十分でないのだから、あたり前の話かもしれない。企業所（社会主義国特有の表現で、普通の企業のこと）も、そして住民の世帯にも石炭の供給が止まり、従業員千世帯余りのかまど口さえも、工場のおが屑を頼りに生きているありさまだった。世の中がどうしてこんなになって行くのか、本当に頭が痛む。

「くそったれ！」

鄭英一はつぶやいた。電話のベルが鳴り続ける上に、手は温まるどころか、むしろ自分の吐く息で窓ガラスの霜が黒く溶けているのを見て堪忍袋の緒が切れた。人間が事務室を仕切るのではなく、事務室が人間を仕切ろうとする格好だ。工場内で唯一腰にピストルをぶら下げている駐在員（警察署の担当刑事）がこれだから、他の状況たるや語るに及ばない。

「この、くそたれが！」

鄭英一《チョンヨンイル》は鳴り続ける電話のベルに再三毒づきながら、受話器を取った。

「もしもーし、機械工場の駐在かね？」

大声が鼓膜に響いた。舌が短いので機械工場の駐在員という発音がひどい訛りのため郡の安全部（警察署）通信課長の崔剛《チェクアン》だとすぐに分かった。だが、鄭英一は寒いという思いだけで、応答する気分になれなくて、知らぬ存ぜぬを通し、じっと次の言葉を待った。

「おい、おい。俺だ、崔剛だ」

「あー、はい」

鄭英一は仕方なく嬉しそうな声を出した。

「通信課長同志《トンム》がどうして……」

「え、監察課長じゃなく、今日は監察課長をやってみようと思ってな」

「監察課長をですか？　何か事件でもあったのですか？」

「なんといったかなぁ……うん。イラマダ！　そこにイラマダという人がいるだろう？」

「はい、はい。イラマダというのはあだ名で、本名が薛英洙《ソルヨンス》という……」

「薛英洙だと？」

「ええ、そうです。十年前にはですね、郡内の相撲大会で名声をあげた人……。『イラマダ！』（意味のない言葉。かけ声）と叫びながら相手をかたっぱしから投げとばしていた、あの力持ちのことですよ。今はもちろん定年退職が近い年寄りではありますが」

　鄭英一は知らぬ間に電話に引きこまれ、一時、郡内の有名人であった薛英洙のことを簡単に説明した。

「おい、おい。この崔剛がここへ来て何年になると思ってるんだ。君の言ってることは十年前のたわごとだよ。十年前の」

「あぁー。本当、そうですね」

「そう。イラマダというけったいなあだ名もそうしてついたのか？」

「いいえ、違います。それは一生を馬夫として生きてきた彼の口にしみついた言葉でして。あるときなどは、工場の従業員会議のときにですよ、生まれてはじめての討論というものをしながら、言葉が詰まってですね、〝なんだったけ、イラマダ……〟と、はずみで言ってしまったとか……」

「わっわっは」

「は、は……」

　崔剛《チェクアン》の爆笑に引きこまれ、その笑い声が面白いので鄭英一《チョンヨンイル》もつられて笑わずにはいられなかった。

「子供の頃から怪力の持ち主でしたが、学校などには門前にも行けなかった人だったのですよ。そのかわりですね、荷物を山のように積んだ馬車の上にすくっと立ち上がり『イラマダ！』と叫びながら馬車を風のように突っ走らせるときには、人々は目を丸くして見上げたというではありませんか」

「とにかく、凄いことは凄かったわけだ。ところで土台（出身階層）はどんな人物かね？」

「土台ですか？」

　鄭英一はしばらく沈黙した。簡単に終わりそうな通話ではなかった。鄭英一は一方の手で、テーブルの前へと椅子を引き寄せ、ラジエーターの近くに座った。受話器を肩とあごの間に挟んで耳に当て、両手は背中の後ろにまわし、ラジエーターに近づけた。伸ばされた受話器のコードが緊張しながら揺れていた。いやいや始まった電話が、他ならぬ薛英洙の土台まで詮索されはじめると、鄭英一も緊張してきた。

　薛英洙《ソルヨンス》と鄭英一が普通の間柄ではないことは、工場の人々がみな知っていた。薛英洙と鄭英一の父親は日本統治時代、土木作業場のもっとも危険なところで義兄弟の契りを結んだ間柄だった。何年か前に鄭英一の父親が先に逝くまで、お互い義兄弟の情をしっかりと守ってきた義理堅い仲だったことを、知らない人はほとんどいなかった。それどころか今、軍官（将校）生活をしている薛英洙の息子と鄭英一は、二人の親を互いに「おじさん」と呼び、今もそのように慕っていた。そのため、土台をさぐる崔剛の質問にあって、今更のように心痛める鄭英一の気分は、無理からぬものがあった。

鄭英一はしばらくはずしていた受話器に「ふう」と息を漏らした。薛英洙の人物書類でもめくっているかのように思ったのか、しばらく待っていた崔剛が咳ばらいした。

「もしもし。土台はこれっぽっちもケチをつけるところがありません」

鄭英一は一言切り捨てるように言った。

「こら！　そんなあいまいな返事じゃ、調べにならんじゃないか！　もっと詳しく話さんか！」

「はい。具体的に話しますと、祖国解放後の最初の共産党員であったし、馬車の英雄として名を轟かせた参戦（朝鮮戦争）老兵です。戦後から今日までずっと馬車とともに、社会主義建設に献身してきた労働革新者でもありまして。私も今日、企業所のクラブ（勤労者のための文化事業に使う公共の建物）で行われた、勲章授与式に参加して今さっき事務所に帰ったところですが、彼は今回も国旗勲章第二級を授与されました。たぶん十三個目の勲章だと思います」

「だのに、どうしてこのざまなのかね？　そんな人物がだ！」

「何が、どうしたというんですか？」

鄭英一《チョンヨンイル》はさっきから言いたかった質問を忘れなかった。

「そのじいさんの家の庭に欅《けやき》の木があるちゅうじゃないか？」

「はい。そうです。大変大きな」

「ちょうど、その欅の木の横に、わが軍の警備電話線が通っているのは知ってるかね」

「ええ。それで？」

「それで、昨日うちの電話線工の若い者らがだね、点検に出かけてだ、電話線の妨害になるので、その木の枝を一本切り落とそうとしたんだ」

「それでどうかしたのですか？」

「そうしたら、そのとき、そのイラマダがどう出たと思う？　はじめから大声で文句をつけていたが、しまいには『欅に少しでも触ってみろ。お前たちを斧でひとくくりにしてまな板の上でぶっ殺してやるから』と言いながら斧を振り回したと。これはいったいなんだ」

「斧をですか？」

「そうだよ。それで若い者たちは、そのまま帰ってきたというじゃないか。馬鹿者どもが、そのじいさんを即座にこらしめないで帰ったと。罪もない若い者たちだけをひどい目にあわしたんだ。おい、俺がそのじいさんをそのままにしておくと思うか！」

ドンと机を叩く音が聞こえてきた。鄭英一はその音に、体つきががっちりして壺のように腹の出た崔剛《チェクアン》の姿が目に浮かび、緊張の中にも笑いをこらえられなかった。しかし一方では、塀も戸だとばかりに蹴飛ばして走るこの意地っ張りが、些細な問題をもって大きなことをしでかすこともあるので、まず彼を説得しておかなくてはならないとの考えが頭をもたげた。

「ほほー、課長同志《トンム》！　そんなことなさったら課長同志のその風采のある腹がしぼんだ腹になってしまいますよ」

「な、なんだと？」

「むやみに神経を使われますと、課長同志の健康に差し障ると言いたいのですよ。あの欅の木にはそれなりの事情があるのですから」

「事情とはなんだ、犬のクソみたいな事情だろう？」

「あの木はですね。薛英洙《ソルヨンス》老人が四十八年度に入党記念として植えた木でして」

「ただの大きな木というわけではないんだな？」

崔剛が気分を損ねようがどうしようが、鄭英一は受話器から口を離さなかった。

「もちろんです。しかも、ただの大きな木ではないというだけじゃありません」

鄭英一《チョンヨンイル》は続けて、同じその日に、同じいわれで植えた欅の木が、父から譲り受けた自分の家の庭にも立っているという話がとっさに飛び出しそうになるのをこらえて胸に収めた。解放前、土木現場で丸太を運び出す馬と寝食をともにして生きてきた二人の義兄弟は、入党も同じ日、同じ時刻だったばかりか、黄金の夢が宿る記念植樹も一緒にしたのであった。

鄭英一がまだ幼心の残る少年だった頃の話だ。それはたぶん、ある年のメーデーの何日か前の日であった。新しい運動服を買ってくれとひどいだだをこね、とうとう父親から頭を一発叩かれてしまった。それが悲しくてウォンウォンと泣きながら、鄭英一はまっすぐに薛英洙《ソルヨンス》を訪ねていった。裸足で粘土をこね、越冬のための馬小屋の壁を塗っていた薛英洙はやさしく鄭英一を迎えてくれた。鄭英一は涙と鼻水をしゃくりあげながら悲しさと鬱憤を吐きだした。

「あの毛むくじゃらが、うちの英一を叩いたというんだなぁ？　おぼえておけよ」

薛英洙は、このように鄭英一を身びいきして、手にしていたテコを置き、彼を膝の上に座らせた。

「英一や！　お前の家にもあれとよく似た木があるだろう？」

薛英洙が馬小屋の横のまがきの下に、今まさに根づきはじめた欅を指さした。まだ悲しみが消えない鄭英一は、返事のかわりにあごだけをこっくりとさせた。

「それでだ。あの木の名前を知ってるかい？」

「欅の木さ」

鄭英一は、薛英洙が自分のひとりよがりな話を聞いてくれるかわりに、とんでもない話を引き合いに出すので、口をとがらせて答えた。

「そう、そう。欅の木に間違いない。でもな、あれはただの欅ではない。宝物の欅の木なんだよ」

「宝物の欅？」

「そうだよ。これからあの木が、あそこの醤油工場の煙突ほどに大きくなったらだよ。木に飴玉とかお菓子とか色んなものが実るんだとさ」

「へー。ウソ、空鉄砲だー」

「本当の話だよ。本当の。このわしが空鉄砲を撃つとでも！」

「じゃ。運動服もぶら下る？」

「運動服どころか、白米に肉、絹の服に瓦屋根の家もさ」

「うわー、いいなあ！」

鄭英一《チョンヨンイル》はパチパチと手を叩いた。

「だがな、英一！　その日のためにわしらが辛抱してもっともっと働かなくちゃならんのだ。このわしは、このように新民主朝鮮建設のためにもっとしっかり馬車を引き、英一は、カ、ギャ、コ、ギョ（日本語のア、イ、ウ、エ、オのような朝鮮語の初歩）と、勉強をがんばるんだ」

「そうしたら本当にその日が来るの？」

「そうさ。きっと来るさ」

「じゃ、約束！」

鄭英一は薛英洙《ソルヨンス》の前に小指を突き出した。

「指ーきりーげんーまん！」

鄭英一は、あのとき薛英洙が自分の熊のような手の小指をからませながら、確信と熱情に溢れて叫んだ声を、今も脳裏にあざやかに記憶している。もちろんその日、薛英洙が鄭英一に聞かせてくれた話は、彼自身の頭だけで考えだしたものではなかった。それは木綿のジャンバー姿の二人の義兄弟が、入党のために郡党委員会に出向いた日、平壌《ピョンヤン》から来た共産党の派遣委員という人が聞かせてくれた話だった。その話に薛英洙が自分の素朴な夢を加えてつくったのが、宝物の欅の木の話だった。しかしそこには、やがて来る未来に対する薛英洙の鉄石のような信頼と絶大な期待が、余すところなく映しだされていた。まさにそれそのものが、薛英洙の全生涯だとも言えるのだ。欅の木にはそんな深いいわれがあったのだった。

　鄭英一は崔剛《チェクアン》に、このいわれを知らせなければならなかった。ならば、いつだったか雑誌『朝鮮文学』に掲載された記事の内容を、伝えるしかない。まだ若かった頃、暗唱するほどに読んでいたその内容は、今も頭の中にはっきりと残っていた。ただ、記事の中で自分の父親の名前だけは一切明かしてはならないと決意し、再び受話器を口にあてた。

「課長同志！　どんな問題を持つ木なのかをですね……」

「ああ、聞かせてくれ。どんな凄い木なのか」

「では聞いてください。『駿馬の明日』という題名で、雑誌『朝鮮文学』に出た記事にどう書かれているのかということですね……」

……薛英洙にとって、その欅の木は希望の旗印であり、闘争の印であり、素晴らしい未来でもあった。馬車を引き、燃えさかる木橋をものともしないで突進した戦火のあの日も、海州―下聖《ハソン》間の鉄道工事場の苫屋でシラミと蚊に悩まされた戦後のあの困難な日々も、欅の木はこれから豊かな黄金の実が鈴なりになる自らの枝を、まるで旗のように薛英洙の目の前にたなびかせながら、彼をいつも英雄的な闘争へと鼓舞激励してくれた。薛英洙と欅の木の深い絆は、彼が今日まで自分の馬車に、三回馬を取りかえたが、それらの馬に〝駿馬〟との名をつけて呼んできたことにもよく表れている。

「イラマダ　鉄の馬よ！」これは、誰もが白いご飯に肉のスープを食べ、絹の服を着、瓦屋根の家で住むようになる共産主義の未来を夢見る、彼の生涯の歌であったし、人生のすべてであった。


「もういい、もう、そんな学問的な話は俺の性分にはあわん」

　崔剛《チェクアン》の苛立たしい声が、鄭英一の言葉を遮った。依然、鄭英一《チョンヨンイル》のあごと肩についている受話器からは、雫のように付きまとった息が小さな流れをつくっていた。

「ともかく、そんなじいさんであればあるほど、われわれの仕事をもっとよく応援しなければならんだろ。世界中の反動どもがわが社会主義を誹謗、中傷しているこんなときにだ、うん？　そんなことが許されるものか！　誰のための斧騒ぎだというんだ？　けしからんことだ。そのじいさんの過去がどれだけ立派だとしても、俺は今度の乱暴を絶対に見過ごさん。絶対に！　とにかく分かったよ」

　ガチャンと受話器を置く音が聞こえてきた。それでも鄭英一は、通話していたそのままの姿勢でしばらくの間座っていた。今度のことをそのまま見逃すことができないのは、崔剛ではなく自分自身でなくてはならないという考えが、ひしひしと胸の中に積もってきた。すでに逝った父のためにも、薛英洙《ソルヨンス》の生涯を捧げて築き上げた塔が崩れないようにしなくてはならなかった。それどころか今度のことで、薛英洙の経歴に汚点がつけば、たとえそれが大きかろうが小さかろうが、それは当然、鄭英一の経歴にも汚点を残すことになるのだった！

＊＊＊

妻が手渡してくれた一本の高粱酒をオーバーのポケットに押しこみながら、鄭英一は家を出た。薛英洙の家とは近かったので、お互いがよく行き交う仲ではあったが、今日だけは少し具合の悪い話をしなくてはならないと思い、手ぶらで出かけることがためらわれたのである。寒さは夕闇が迫るとますますつのってきた。ばりばりという川の氷が割れる音に気力が失われそうになる。欠けた蒼白な月が山の頂きのまばらな樹林の中に潜んでいた。防寒帽の耳隠しだけではこらえられず、外套の襟まで立てたが、額が凍てつき鼻の中には氷がひりひりとつっぱりだした。

鄭英一《チョンヨンイル》はあれこれ考えた。薛英洙《ソルヨンス》がなぜ郡の安全部（警察）員たちに、あんな過激な言動を浴びせたのかまったく理解できなかった。体格の大きな人たちが多くの場合そうであるように、薛英洙も善良でクソ真面目な人である。三代にわたる自分の〝駿馬〟たちにも、一度も本気でムチで叩いたことのない彼であった。そのような彼が、斧でぶっ殺すなどの暴言を吐いたとすると、それには必然的なわけがあったはずだ。

鄭英一は早くそれを知りたくなった。崔剛《チェクアン》が振り上げた拳を下ろさせなくてはとの、あせる思いをめぐらしながら、薛英洙宅の庭に入った。前庭の垣根から屋根全体を覆うようにして立っている問題の欅の木が、疲れた口笛を吹きながら冷たい闇の中に立っていた。馬小屋の方で人の気配に感ずいた〝駿馬〟が、ヒヒン、ヒヒンと大きな声で鳴いた。鄭英一は自分の家の戸を開くように、音もたてず台所の取っ手をひいた。小さいときからの自分の手垢がいっぱい付いている取っ手だった。

「誰だね？」

両手を膝の間に押しこみ、奥の部屋に杭のように座っていた薛英洙が顔だけを向けて、鄭英一を見つめながら言った。

「おばさんは何処へ行かれたのですか？」

鄭英一は挨拶がわりに訊ねた。

「市場に行ったさ。食糧が切れはじめたので、トウモロコシを少し分けてくれるところがあると言って、昨日、通勤車（通勤者のために運行される自動車や汽車）で出かけたのだが、今日もまだ戻らないんだ」

「どうりで家がこのように寒々しいんですね。空き家のように」

「これを敷いて座りなさい」

自分が座っていた古い毛布の端を引っぱって広げながら、薛英洙が言葉をついだ。

「床が、氷の上のようですね」

床だけではなかった。古びた布団一組と大きなテレビが一台置かれている後ろの壁には白い霜までついていた。

鄭英一は防寒帽だけを脱ぎ、オーバーは着たまま、薛英洙がすすめる場所に座った。彼は、そのときはじめて、まぶしい勲章がずらっと付いた上着が、座っている膝の上に広げられているのを知った。今日もらってきた勲章をその場所を選んで付け、何かの回想にでもひたっていた様子だった。だが、それは決して楽しい回想ではなさそうであった。冷蔵庫のような部屋のありさまと、薛英洙の暗い表情が、そう暗示していた。ともかく、雰囲気から見て、気をつけて接しなくてはならなかった。平時にはおとなしい羊であっても、百にひとつくらい何かで逆上するときは、怒り猛った獅子になる薛英洙だった。

鄭英一《チョンヨンイル》は訪ねてきた用件をどこでどのように切り出すべきかと思いながら、オーバーのポケットに入れたままの高粱酒を差し出した。

「寒い日ですし高粱酒を持ってきました。おじさん、体を少し温められてはいかがですか?」

「おお、それはちょうどよかった。喉が乾いてからからだったから」

薛英洙《ソルヨンス》は遠慮しなかった。鄭英一が立ち上がり、台所へ出ようとした。

「いや、ここに座ってろ。ここにみんな揃ってる。台所へ行ったところで……」

そう言いながら、薛英洙が座ったままで手をのばし、部屋の後ろの壁側に置かれていた四足の小さなお膳を引き出した。

スプーンの入った空の粥のどんぶりと、食べ残しのキムチ皿と小さな水差しが一つ、そして重ね置きしたどんぶりの蓋が置かれているだけのお膳だった。

「なんの、どこにでも注ぐさ」

薛英洙が、どうしようかとおずおずしている鄭英一を安心させるかのように言った。

鄭英一は水差しとどんぶりの蓋に酒を注いだ。

「さぁ、飲みな」

言われるままにどんぶりの蓋に口をあてるやいなや、鄭英一はぐっと息がつまった。しかし薛英洙は、まるでビールを一息であけるように飲みほした。そうしなくては癒すことができないしこりが、今日は彼の胸の中にたまっているようであった。薛英洙はこのようにしてコップ二杯を飲みほすと、手巻きタバコを巻きはじめた。だが、目は勲章の方に行き、手は手で動くわけだから、タバコは簡単には巻くことができなかった。鄭英一もどうしたわけか、薛英洙の勲章から目を離すことができなかった。どれもが見慣れた勲章ばかりであった。紅顔の学生時代から友人たちに、父親とおじさんの偉勲談と勲章の話を喉が涸れるほど語ってきた鄭英一だったからこそだ！

火に燃え落ちる木の橋を、最後の弾薬を積んだ馬車で突っ走った手柄でもらったという、一番左の戦士の栄誉勲章、そしてその下の海州―下聖間の鉄道工事場でもらった国旗勲章第一級、またその下の二・八ビナロン工場建設場と西頭水発電所建設場で授与されたという労働勲章と功労メダル等……。このように数えていくと、五十六歳になる薛英洙の四十余年という人生をそのまま切り取ると、戦場と工事現場しかなかった。まさに、あの戦火と砂ぼこりの中で薛英洙の馬車は、〝ナンバーのない自動車〟〝荷役労働者のいない革新馬車〟〝共産主義の駿馬〟等々で名を轟かせたのだった。

薛英洙の頑丈な肉体は、荷物を積みおろす人夫を必要としなかった。それでも彼の馬車は、どんな現場にあってもいつも他の馬車より荷物をいち早く積みおろした。ゆえに、薛英洙の顔には四季のどのときも汗がひかり、運動靴の底が磨り減ったものだ。まさに一人何役もの汗にまみれ雨風につかって得た勲章だった。そしてこれが最後かもしれないもう一つの勲章を加えた今日である。薛英洙《ソルヨンス》の胸に回想の波風がたたないでいられようか！

「ふー」と、薛英洙がタバコの煙を吐きだす音に、鄭英一《チョンヨンイル》はやっと勲章から視線を移した。

「いろいろと考えることが多いようですね、おじさん。十三個目の勲章をもらったわけですから」

「そうだな。わしはお前が来る前から、これらの勲章の本当の主人について考えていたところだよ。本当の主人についてだ！」

「本当の主人ですって？　それは全部、おじさんが国のために身を捧げて、もらったものじゃないですか。どうしてそんな話を……」

薛英洙は次の言葉を話すべきかとためらう顔つきだったが、しばらくしてとうとう言葉をついだ。

「この勲章の本当の主人は……、それ、あそこ、外に立っているさ」

「外ですか？　どこにいったい！」

「どうしてそんなに驚くんだ。外のあの欅の木が、血も汗もいとわず、わしが自分の一生を走り続けさせてくれたのではなかったかと言いたいのだよ！　いつだったか、わしが幼いお前に、あのまぶしい実がなる話をしたじゃないか。そして、わしがそのまぶしい物を収穫できるようにしてやったのに、結局は……」

「どうしたというのですか？　おじさんも私の父親が話したのと同じ話をされるのですか！　父も亡くなる前の夜、窓の外の欅を眺めながら、そのように話しました。こうしてまた聞かされると……本当に……」

「そうか。お前の父親も一生涯汗を流すばかりで逝ってしまった！　十回の勲章で終わったのだったかな？」

「はい。十回目が最後でした」

「十回目か……、ほー、やっぱりみんなあの欅のおかげだよ！」

「だから今夜は、その欅の木の想い出でいっぱいだったと。そうおっしゃりたいんですね」

　鄭英一は、この機会をのがさず、話を欅に近づけようとした。

「そうせずにいられようか。党員証をはじめてもらった日から今日まで、あの欅の木が私の心の中の柱だったのだから。そして、まさにあの木のおかげでお前も、このように私を訪ねてきたのではないのかね」

「いいえ！」

　鄭英一は薛英洙の思いがけない先制攻撃の前でどうすることもできなかった。今までただただ純朴な人だとしか思わなかった、薛英洙のどこにこのような深い思いが潜んでいたというのか！　言いだすきっかけをつかめず、鄭英一《チョンヨンイル》が口の中にしまっていた話題を薛英《ソルヨン》洙《ス》の側から、先に話してくれたことは好都合だった。

「これぐらい回り道したらもういいじゃないか。お前はあの欅の木のために私を訪ねてきたのではないのかね？」

　薛英洙が、鄭英一から最後のこだわりをとるかのように話した。

「そうです。おじさん！」

　鄭英一はわかってくれてありがたいとばかりに笑顔でうなずいた。

「そうだろうと……。あの人たちがじっとしているものかね」

「ですが、どうしたということなんですか？」

　鄭英一は今や心おきなく用件を語ることができた。

「斧でたたき殺すとかなんとか言われたようですが、それは事実ですか？」

「事実さ。そして事実でないとも言える。どうしてかというと、私が落とした雷は、ぼーっとしたガマガエルのような連中に対してだったわけだから……」

「なんの話なのか全然分かりません。おじさん、すでに起きてしまった問題ですから、もう少し詳しく……」

「そんなに恐れることでもないが……。事実はそのことが起こる直前の昨日の昼の話だが、私と妻との間で少し言い争うことがあったのだ」

薛英洙がしばらく言葉をとぎらせる間、鄭英一は注意深くタバコを巻きはじめた。近頃は安全部の供給もとどこおりがちで、鄭英一も手巻きタバコを吸っているありさまだった。

「なぜ言い争ったかというと……」

薛英洙が話をつないだ。

「そうなんだ。引いて来た馬車をそのまま立てたままで、私が急いで昼飯を食べたらだよ、妻ががたがたとお膳をしまうと、厚手の冬服を着たり、腰紐をしめたりで大慌てだった。何か急ぐことがあるのだと思い、タバコを巻いて一服していた。そのとき妻が口にした言葉はなんだと思う。なんと、『冬の太陽は坊主の頭に豆を転がすように早く沈むというから、タバコは行きながら吸いなさい』と言ったんだよ。まったく」

話を聞きながら鄭英一が吐きだすタバコの煙が、二人の間の空間をつなげていた。

＊　＊　＊

「で、行くとは、どこへ？」

薛英洙はいぶかしげな顔つきで妻を眺めた。すると彼女の二重瞼の大きな目が挑むような目付きで返ってきた。

「じゃ、今日も行けないというんですか！」

薛英洙《ソルヨンス》はやっと、昨日のことが思い出された。

「……すでに、私が枝を切り、皮まで剥がし、あとは重たい幹だけが残ったので言ってるんです。そう遠くもないチョルタン渓にある唐きびだから、あなたが馬車で積んできてくれるわけにはいきませんか……？」

その前の日に妻は、こんな頼みごとをした。それまで自分一人でやりくりしてきた焚き木についての心配を打ち明けたのであった。薛英洙が退勤時にいつも馬車の底にぶらさげて持ってくる濡れたおが屑だけでは――実はそれもやっとの思いで持ち出して来るものだが――オンドルを暖めるどころか、トウモロコシを蒸すだけの焚き物にもならないのだ。それは事実であった。最近工場ではそんなわけで、朝食が遅れて、遅刻する人が続出している。頭に白いものが目立ちはするが、働き者の妻でなかったならば薛英洙も、遅刻者の立場を免れなかったであろう。

薛英洙は、妻が村と工場周辺の溝という溝を探しながら様々な木の切れ端を拾ってきて焚いていたが、最近はチョルタン渓までうろついていることをよく知っていた。本当に、工場の事情がこうでなかったなら、家の中の家事だけでなく燃料集めまで一人で担い苦労している妻の頼みを待つだけの薛英洙ではなかったであろう。

だがどうしようもなかった。近頃は工場のボイラーに、薛英洙どころかすべての人たちの手足が、がんじがらめにしばりつけられていた。石炭のかわりにおが屑を焚くのだから、工場内の輸送機材はもちろん、手押し車はおろか人間が背負ってまでおが屑を運んでも、すぐに燃えつきて、もっと欲しがるボイラーだった。あげくは朝夕出退勤時にだけ出ていた工場の宣伝車が、時間かまわず出動して労働者の尻を叩く！ ボイラーをストップさせたら多くの蒸気配管の凍結と破裂は免れないと、息も絶え絶えに叫びながら……。

「女房よ、俺もいろいろ考えていたのだが、あの宣伝車の声が俺の足元をつかんで放さないんだ。お前も知ってるんじゃないか？ 最近の工場の事情を。だからまた次の機会を考えようと……」

その日、薛英洙のこのような心の底からの痛々しい声に、妻はそれ以上のお願いができなかった。宣伝車は次の日も、昼休みすら考えずにボイラーうんぬんを吼え続けた。薛英洙は、それで馬車に〝駿馬〟をしばりつけたままで、急ぎ昼ごはんを食べたのだ。だのに妻はそれを見て、夫が昼休みを利用してチョルタン渓へ行ってくれるものだと、早合点したようだ。

「なあ、ああして今日も死にそうにわめいている宣伝車の声を聞いておきながら、そんな頼みごとを言ってるのかね？」

薛英洙《ソルヨンス》はほとんど燃え尽きたタバコをもう一回吸いこみ、灰皿にもみ消しながら、見開いた大きな目で答えを待つ妻に済まなさそうな視線を送った。

「そしてさ、俺は次の機会を考えようと言っただけで、今日行くといつ言った」

「まるで他人事のようね。どうして？」

妻がとうとう涙声を出した。

「おい！　考えてもみろ。工場のボイラーが破裂するとやきもきしているとき、ほかならぬ薛英洙の〝欅馬車〟が、どんな顔をして自分の家の柴刈りに行くというんだ！」

「もう、いい加減にしてちょうだい！　またあの欅の決まり文句？　欅の木、欅馬車……。それでお前さんが一生涯口がすりへるほどに言い続けてきた、あの欅の木の実は、みんな何処へ行ってしまったというの？　それなのにまだ〝欅節〟を続けるのかい。ええ？　白いご飯に肉のスープにって……」

「またか……。例の調子でがたがた言いだした。それにだ、明日は工場で勲章の授与式もあるというのに、人前での体面もあるというものだ」

「何言ってるんだ。絹の服に瓦屋根の家どころか、食べることも焚きものの心配すら解決できないのに、勲章をもらうにも体面というものがなくっちゃ、だって。笑っちまうよ」

「なんだと」

「フン、そんな〝欅〟の木にもたわわに実がなるんだってさ、たわわに」

「なんだと、このアマ！」

雷のような声と同時に、薛英洙の手から灰皿がブンと飛んでいった。それは妻の顔をかすめ、台所の壁に当たりばらばらに砕けた。

＊　＊　＊

「そのとき、わしがどうしてあんな不埒な行いをしでかしたかは分からないが、ひょっとしたら妻を殺していたかもしれない。立派な肩章をつけた郡の安全部の戦士たちが、わが家に現われたのはちょうどそのときだったさ」

薛英洙はそのときの鬱憤を抑えようとするかのように、しばらく口をつぐんでいたが、また続けた。

「灰皿のために、飛び出していった妻が外で誰かと揉めている声がしたので出てみたら、これまさに泣きっ面に蜂というか火に油を注ぐというか、心臓が破裂する境地だった。そうだ、あの若僧どもが妻を押しのけながら、まさに欅の枝にノコギリをあてようとする瞬間だったのだ。障害のある子供ほど他人の蔑視が二倍につのるというが、俺はいつの間にか馬小屋の壁に立てかけていた斧を持ち上げた。そして大声をあげた。『ノコギリをつけてみろ。ぶった切ってしまうぞ！　お前らも木もどれもこれも、全部！』と叫ぶ俺の面《つら》がどんなに険しかったことか……。肩章戦士たちがみな逃げて行ったからよかったものの、さもなければどんな不祥事が起こったか分からないさ」

薛英洙《ソルヨンス》は口をつぐんだ。そうして胸の中に水でも満たすかのように、残っていた酒をごくりと飲みほすのであった。

鄭英一《チョンヨンイル》は、自分の指の間で燻っている三本目のタバコの煙で顔をしかめながら、薛英洙のそのような動きをつらつらとさぐっていた。もちろん薛英洙は事件の顛末を具体的にすべて話した。

だが、鄭英一は職業的な特性からか、薛英洙が表面的にはすべて話し終わったが、その言葉の中に何か隠していることがほかにもあるのでは、という直感がだんだんと強まるのを感じた。そういえば、そのような感じを今日はじめて持つわけではなかった。今日、薛英洙と対面するその瞬間から、彼が自分とはなんらかの心理的なかけひきをしていると感じていた。ただ多くの人々が、企業所の警察官である自分との対話において、かけひきをすることが習慣になっていた。ましてや相手が薛英洙だということで、そのかけひきはたいしたものではないと考えただけであった。

しかし、今は違った。崔剛《チェクアン》の手から薛英洙を奪還するには、彼をもっと細部にわたって知ることが求められた。何よりも薛英洙の、その言葉の中に潜んでいる本心を正確に知ることが重要であった。

まず、薛英洙がどうして妻に灰皿を投げつけたか分からないと言った、その言葉である。知らないはずがなかった。彼は少なくとも、次のようにすべてを打ち明けるべきではなかったのか。自分の勲章を〝欅の駿馬〟の額の飾りにしている冷たい鉄と同一視して、自己の一生を瞬時に〝尻尾のない馬〟にしてしまった妻の行いに対して、憤怒をこらえられなかったと。

次は、薛英洙が言った、「障害のある子供ほど他人の蔑視が二倍につのるというが」と「お前らも木もどれもこれも！」という二つの言葉であった。障害のある子供とは、いったい何をたとえて言った言葉なのか。どうして「お前らも木もどれもこれも、全部！」だったのか。

薛英洙はやはり、こう告白すべきではなかったのか。白いご飯も瓦屋根の家も鈴なりになるという実を待ち続けて、一生涯をかけて走ってきた自分に、その鈴なりの実のかわりに冷たい鉄の面繋《おもがい》だけを頭の上にぶら下げてくれた、あの身障者のような欅の木を電話線工たちよりも、先に自分の手で始末してしまいたかったと。

本当に驚くべきことだった。斧騒動と表現されたその単純な一言に、一人の人間のこんなに複雑な精神的激動の根っこがからんでいようとは想像もしなかった。薛英洙《ソルヨンス》の内面世界を隅々まで見すかすことができた今、肩に星の肩章をつけた安全員という立場なのに、彼を責めようとする感情が少しも起こらなかった。これは親密な関係を持つ情からのものなのか？　いや、それだけではなかった。つきつめて見るならば、薛英洙の生き方と感じ方は、事実であり真実であるのに、何を咎めるというのだ！

鄭英一《チョンヨンイル》は思いがここまでくると、むしろどこか胸にこみ上げる、薛英洙に対する同情心に心の片隅が、無性に重苦しくなってくるのであった。

薛英洙！　……　なんと可哀想な人生だろうか！

鄭英一の小指に自分の小指をからませ、「指きりげんまん！」と叫んだ信念、期待がただの蜃気楼にすぎなかったということを悟ったとき、その失望と悔悟の苦痛は、この世の中の何にたとえることができたであろう！　誰かのせいにすることも、怨みごとを言うこともできない、骨身に染みる事実の痛みを抱えて一人で悩みぬいている薛英洙ではないか！　このように考えてみると、結局斧騒ぎという言葉は、安全部の電話線工とか欅の木に加えられた暴言ではなく、自己矛盾に陥った薛英洙という人間の、自己糾弾の叫び声であったのだ。

崔剛《チェクアン》！　あなたも、生涯騙され続けた善良で寛大な薛英洙という人間の苦痛を知るべきなのだ。遠からずその日は必ず来るであろう！

鄭英一は、火のついたタバコを灰皿に押しつけた。彼の気持ちを悟ったのか、薛英洙も同じようにタバコを消した。

寒かった。外の世界が小寒の準備をしているのか、部屋の中は耐えられないほど冷えこんできた。毛布を敷いて座っているにもかかわらず、尻を動かさないでは辛抱できないほどに冷えこんだ。そして息までが霜になった。鄭英一は立ち上がった。

「どうしたんだ？」

「おじさん。よく分かりました。とにかく事後処理は私がします」

「好きなようにしなさい……」

「ですが、この冷たい部屋で今晩をどのように過ごされますか？」

「そうだなぁ、部屋だというが、鼻の端まで凍るんだから……」

拳で鼻の下を拭いながら、こう答える薛英洙の姿が、急に十年も老けたように思われた。痩せこけた蜘蛛が一匹、窓からぶらさがったまま揺れていた。

「おじさん！　馬草でも一束持ってきて追い焚きでもして休んでください」

「ああ、そうするよ」
鄭英一《チョンヨンイル》は、これが薛英洙《ソルヨンス》の最後の声になるとは夢にも思わなかった。

＊　＊　＊

あくる日の朝、薛英洙に大事があったとの電話を受け、鄭英一はすぐさま彼の家へと駆けつけた。がらんとした部屋で昨夜一人で目を閉じた薛英洙の亡骸を見る前に、鄭英一を驚かせたのは、根元を打たれ庭の真ん中に倒れている欅の木であった。どれだけ強く斧の刃を打ちおろしたのであろうか、手の平のような斧屑が馬小屋の屋根の上にまで白く飛び上がっていた。台所から人々がざわめいている脇戸を開けて入ると、間違いなく昨夜、薛英洙が叩き伐ったであろう欅の切れ端が、まだゆらゆらとかまどの焚き口の前で燃えていた。法医学者は、薛英洙の死因を心臓麻痺と診断した。

（一九九三年十二月二十九日）

目と鼻が万里

「キャー!」

　ドアの開く音に驚いた正淑《ジョンスク》が悲鳴をあげた。今さっき取り替えた息子のオシメが手からずり落ちた。ドアをドカンと閉め、目の前に立っている人は、待ち続けた夫に違いなかったが、あまりにもやつれはてた姿を見て、驚きを禁じえなかった。

　骸骨のようにやせた顔、垢まみれの衣服、一方の肩にだらっと掛かったぼろぼろになった空のリュックサック……。もともと痩せぎすで前屈みの体形ではあったが、三十代の夫ではなく、まるで老人のような姿だった。たった二十日あまりの間に人間がこんなに変わるのだろうか? ましてや数年ぶりに故郷の実家を訪ねてきた人がこんなありさまになることが……。

「いったい、何があったっていうの?」

　正淑はやっと夫の胸にしっかりと抱かれた。

「生きて帰ったんだわ。生きて……。ううう……」

「さぁ、もういいだろ。坊やが目をさますから……」

「どれだけ待ったか。どれだけ！　わかる？」と、夫の胸を叩き続けた。

「待ったとは？」

「待たなくていられるの？　旅行証明証も旅の準備もなしに、しかも酒を一気飲みして酔っぱらったまま列車に飛び乗り、デッキにぶらさがって出発したというあなたを……」

「あのときは本当にすまなかった」

「ええ、もういいわ。それで、お母さんの病状は……？」

「母さんは、だね……」

「ええ、それで……」

「いや、実は母さんには会えずに帰ってきた……」

「どういうこと……？」

「俺は家に行き着くこともできなかったんだ」

「なんですって、じゃ、今までどこで……」

「君、水、先にくれないか」

　夫は壊れそうなほど音を立ててシャツのジッパーをおろしながら、喉仏を大きく動かして乾いた唾を飲みこんだ。正淑《ジョンスク》が急いで水を持ってくるとゴクッと一息で飲みほした。そして崩れそうに座りこみながら息子の方に視線を移した。

「英民《ヨンミン》は大きくなったね」

そのときになって正淑は、ひどく疲れて腹を空かせた人からしか聞くことのできない、病人のような夫の声にはじめて気づいた。

「英民を見ててもらえる？　私はちょっと……」

正淑は台所へ出て、急いで米をとぎながら訊ねた。

「あなた。冷たい水で顔でも洗います？」

返事がなかった。

「あなた……」

正淑は戸を開けてみてびっくりした。夫がいつの間にか寝てしまっていた。口をぽかっと開き、青白い顔色でぐったりと寝こんでいる夫の姿は、生きている人のようには思えなかった。腰のあたりから白いシラミが一匹、ズボンの縫い目をつたいながら這い出していた。見てはならないものを見てしまったように、素早くつまんで捨てた正淑の両目に涙が溢れた。大きな体格に似合わずただ善良でおとなしい夫が、いったいどのような災難に出くわし、こんなありさまで帰ってきたのであろうか？

彼女は夫がこんこんと死んだように眠った四日後、はじめてそのいきさつを聞くことができた。

＊　＊　＊

故郷の母は、白い着物を着て川の向かいの丘に立っていた。患っているという母がどうして出てきたのだろう。船頭がこぐ櫓はせわしく音をたてているが、明哲《ミョンチョル》の乗った船はなかなか進まなかった。

「英民《ヨンミン》の父ちゃんよ〜」と、母は出会いの瞬間が待てないとばかりに両腕を上げて水辺へと駆けてくる。明哲もじれったかった。それで船着場に着くまえに船から飛び降りたのだが、足が届かずそのままドボンと落ちてしまった。ひとまたぎしか離れてない川の水が、あんなに深いとは……。明哲は青い川の底へと沈んでいった。必死にもがいたあと、水面に浮かびあがってみると、荒狂った波が自分を川の真ん中へと押し流しているではないか！

「明哲〜！」

形相を崩した母があわてふためきながら、川岸にそって駆けてくる姿がそこに見えた。

「母さん、母さん！」

明哲は叫びながら必死の力を振りしぼってもがいた。母の方へ泳いで行こうとして……。

「兄さん！　兄さん！」

誰の手かは知らないが、明哲の体を抱えゆすっていた。

「う、うん？」

明哲は夢から醒めて目を開いた。誰だろう？　青年が誰なのか判別がつかないが、なぜ自分をこんなに心配そうに見ているのだろうか？　朦朧とした意識がしばらく戻ってくる間に、レールのつなぎ目をこえる汽車の車輪の音が鮮明に聞こえてきた。とっさに、窓際の片隅に押されて横倒しにうずくまっていた身体を起こして座った。

夜が深いのか、汽車の通路にまでぎっしりと座りこんだ人々は、みんな膝の間に顔を埋めたまま夢の中にいた。

「あぁ、目が醒めましたね」

青年が、安心したように静かに話した。

「しっかりしてください。兄さんは旅行証明証もキップも持たずにこの汽車に乗っているのですよ。酒に酔って」

「うん？」

明哲《ミョンチョル》は雷に撃たれたかのようだった。とたんに意識が蘇り、事の顛末が走馬灯のように頭に浮かんできた。

＊　＊　＊

二部（旅行証明書を発給する行政機関の部署）の待機室は息も詰まるようだ。順番を待つ人で混み合っているだけではなかった。また灼けつくような真夏の暑さのためでもなかった。それは、マッチ箱のような小さい待機室の四面の壁にびっしりと掛かっている〝旅行の心得〟などの掲示から目に入ってくる〝罰金〟〝強制労働〟〝法的制裁〟という文字、そしてまた、駅のチケット売り場のような穴の開いたガラスを挟んで、中ではどなりちらし、外では平身低頭哀願する声などが醸しだす、重い圧迫感からくる息苦しさであった。

次の人は発給されるのか、されないのかは、その場にいるみんなの共通の関心事であった。申請者と発給者が受け答えする声以外には、洞窟の中のような空気が流れるだけで咳払いの声すら聞こえなかった。十人に一人ぐらいが手のひらほどの旅行証を受け取り、涙をこぼさんばかりに喜んで出てくるときは、あちこちで羨望の溜息が聞こえてきた。

明哲も四十分以上をそのように待ったあと、やっと丸いガラス穴の前に立つことができた。

「お前は何者だ?」と言わんばかりの視線で、どんぐり眼《まなこ》の男が明哲を見下ろしていた。額がせまくあごが大きいうえに青みがかったその面がまえは、アマガエルを連想させた。男は中世時代の裁判官のように深く腰かけていて、長身の明哲も覗きこむようにしないと対面できなかった。

「用件はなんだ?」

どんぐり眼で、聞くにあたらないとでも言うように声をはりあげた。その剣幕に明哲は、言葉を失った。いろんなことにぶち当たると、どうしてか胸がどきどきしはじめる明哲だった。もっとも、あまりにも多くの話があったので言葉が出なかったのかもしれない。故郷から〝ハハキトク〟の電報が今まで連続三通も届いたということ、だのに毎回否決され今日まで行けなかったこと、今日か明日かと待っている母に今度も行けなくなれば生前には会えないことなど、吐きだしたい話がどんなにか多いことか! しかし、明哲がやっと話しだした言葉とは、「あのーぅ。そのぅ」の一言だけであった。発した言葉とともに汗ばんだ拳の中に握りしめていた電報を、ガラスの穴から注意深く押しこんだ。

「これはいったいなんだ!」

どんぐり眼が、ひとり言のように吐きすてた。

「電報です」

「これが電報だということを知らずに俺が聞いていると思うのか？　お前は企業の社員だろう。どうして当の本人がこんなものを持って飛び回っているんだ。ええ。企業の証明証発給担当者を寄こさず？」

「はい。担当者を通しましたが否決されたので……」

「なんだと。こいつめが！　で、否決されたものをお前が来たらできるとでも……」

「そうではなくて……。今度が三回目でして……」

明哲《ミョンチョル》は懐の中から汚れた電報二通を取りだし、また穴の中へ押しいれた。

「お願いします。私は長男で一人息子なんです。故郷には嫁いだ妹と母親だけが……」

「もういい、もういい」

明哲の口を塞ぐように、ガラス穴から電報三通がみな押し返された。

「上部の指示なんだ。その地方は一号行事（金日成や金正日、現在は金正恩が直接参加する行事）の予定があって証明証を制限せよと。なんで俺が秘密まで話さにゃならんのか！」

「でも、母親が最後の旅路につこうとしているのに……」

「こらっ。ここは取引するところじゃないぞ。二部だと言うんだ。二部！」

男のどんぐり眼が上下した。明哲の胸の中で消え入りそうな溜息が漏れた。

二部というのは郡の行政経済委員会の枠の中にあるが、所属は郡の安全部（警察）であり、そのメンバーは私服の中に肩章をつけた安全員だということを知らない人がどこにいるだろうか。にもかかわらず、今どんぐり眼が恩着せがましく、「二部、二部！」と吠え立てるのは何を意味するのだろうか。この地に身を置いて三十余年の体質化した惰性が、その意味を明哲に知らしめていた。

明哲は窓口の前を黙って離れるしかなかった。瞬間、彼の脳裏には病床の母の姿が浮かんできた。嫁ぎ先のことよりも実家の母親の面倒を見ながら、たった一人の兄を首を長くして待っている妹の姿もちらついた。亡夫が残した二人の子を育てるために、弱い身体で骨を削るような農場の仕事をも楽しみに変えて生きてきた母！

もともと明哲は軍隊服務を終えると、故郷に帰って農業をしようとしていた。年老保障（歳をとって働けなくなった人を国家が面倒を見る制度）になるまでは農場員の職業から逃れられない母のそばにいて、少しでも安らかに暮らしてもらいたかったからだ。また故郷には愛を約束した人がいたからである。明哲は除隊後、集団配置命令でやむなくこの地、検徳山（咸鏡南道にある山）の鉱夫になったあとも、このような夢を捨てられなかった。

鉱山を離れ、母のもとへ行くためにいろんな努力を惜しまなかった。職場の党書記（労働党内の一つの職責）の家へ贈り物の包みをさげて通ってみたりもした。鉱山の労働課長の家のオンドルの修理をしたこともあった。いや、友達を持ち上げてもみたり、病院の診断書を提出したりもしてみた。しかし、あまりにもかたくななこの世は、明哲《ミョンチョル》にただの一歩の歩み寄りもなかった。不本意ではあるが、明哲は母親だけを残したまま、故郷の恋人をこちらに呼び寄せるしかなかった。

そうこうするうちに明哲は子供の父になり、母親も待ちに待った年老保障の出る歳になった。今年の収穫を終えると、明哲は母を連れてくることができる。にもかかわらず母が、その最後の峠を目の前にしてばったりと倒れるとは誰が知ろう！

ふらふらと二部の玄関を出る明哲の胸の中からは、声なき泣き声がほとばしっていた。子牛の目のように純朴な彼の目に溢れるような涙がたまった。ソルメと呼ぶ彼の故郷が、東京やイスタンブールのように遠いところにあるというのか！　自分の国の自分の土地に住みながらも、こんなに果てしもなく遠いところになってしまった……。許されるなら、千里であろうが万里であろうが歩いてでも出発するのだが、それすらも許されないのが〝旅行の心得〟であった。

明哲は大声で泣き、地面をも叩いてしまいたかった。しかし、泣き声までもが反抗になってしまうのだ。反抗の前にはただひとつ仮借なき死のみが待ち受けるこの地。ゆえに、痛くても笑い、ひもじくても唾だけを飲みこまなくてはならないのがこの地の法則だった。

明哲は歩いた。ある絶対的な力の前でどうしようもなく翻弄されねばならない耐えられない挫折感に、心身の気力がつきていくのを感じながら、目的地も方向もなく足がおもむくままにさまよった。すべてがいやになった。七月の酷暑を和らげてくれるのか、どこかで鳴いている蝉の声もわずらわしく、大地を踏み、大空を呼吸しながら闊歩している自らの行動までもがいやになった。思い返してみると、これまで生きてきた長からぬ生涯にあまりにも頻繁に出くわす今日のような日々であった。

中学校を卒業し大学進学を夢見ていたが、人民軍の初募（北朝鮮での軍入隊は国家保衛部で行い、「徴集」の変わりに「初募」の用語を使う）に応集され、汽車に乗りこまなくてはならなかったあの日のことも、除隊後、家に帰ることをあんなにも熱望していたが、集団配置状を持った隊列の参謀について目隠し布に覆われたトラックに身を任さなくてはならなかったあの日も、明哲は今日のような挫折感におそわれ声なき慟哭を体験したのであった。

「おぃ。お前、明哲じゃないか！」

視線を地面に落して歩いていた駅前広場のロータリーで明哲はどこかで聞こえる声に振り向いた。がっちりした縮れ毛が道路を走ってきて、息をはずませながら尋ねるのだった。

「で、で、どうなった？」

明哲《ミョンチョル》の親友の英浩《ヨンホ》だった。旅行証明証の発給の可否を聞いているのだとすぐにわかった。彼はさっき二部に行く途中、映画館の前で英浩に出会っていたのだ。久しぶりで訪ねて来る弟のために酒を求めて出歩いていた英浩が、道端で明哲をつかまえ旅行証のことをともに心配してくれるのであった。

「うまくいったか？　それとも……？」

英浩はまるで自分のことのように心配してくれた。明哲はその友情に鼻のあたりがじんとなり、すぐには口がきけなかった。故郷は互いに違うが英浩と明哲は同じ日に同じ分隊に入ったし、また本意ではなしに鉱夫になってしまったという共通点もある親友だった。お互い子を持つ親になった今は、家族ぐるみの肉親のような間柄であった。

「だめだったようだね」

英浩は、明哲の涙でも見てしまうのではと恐ろしくなったのか、自問自答した。

「そんなことだと思ったさ。さっき会ったときは君に悪いと思って話さなかったが、俺もこのごろ二部というところへ何回も行ってきて知っている。弟の旅行証の期限を、一日でいいから延長させてみようと思ってさ。だのに延長してくれないんだから……。旅行証にのっている同行者が来ていないとかなんとか難癖をつけてさ。ここの機械工場に弟と他の人が一緒に出張してくることになっていたんだが、その人が急に病気になって弟だけが一人で来るようになったんだよ。そのような事情を何百回話しても、耳も貸さないんだから。人情とか事情とかは爪の垢ほども持ち合わせない石クズのような者どもなんだ！」

「事情を話す機会でもくれたら、それでもけっこうなんだが……」

話を続けるかわりに、明哲の喉仏だけがうごめいた。

「くそっ！　さあ行こう、明哲！」

英浩が明哲の腕をつかまえ、一方では手にしていた酒瓶を振りながら叫ぶように話した。

「おい。思いっきり酔わなくちゃ。こんな日にやってられるか！」

その日、英浩の言葉通り、人事不省になるまで飲んだ。その上、英浩の弟が、自分は夜の汽車に乗るからと遠慮するので、酒瓶の酒は二人で全部飲みほした。それでも明哲は、最初のうちは頭がさえていた。

酔いがまわった英浩が、「三通の電報があればそれが旅行証じゃなくてなんだね。それを見てもあれこれ文句をいう奴がいたら、それはけだものの子だ。母親の腹の中から出てきた人間だというのか！　旅行証があろうがなかろうがそのまま行け！」と叫んでいるとき、明哲はその言葉を受け入れようとは考えてもいなかった。英浩の弟の英三《ヨンサム》も、明哲の状況を気の毒に思い、自分の旅行証に書かれている人員の中で来られなかった同行者が一人いるので、自分が汽車を乗りかえる駅まではなんとか一緒に行けるはずだからと、兄の言葉に肩入れしてきた。

しかし明哲《ミョンチョル》は一言しか言えなかった。

「でも、俺、自信ないよ」

「なんだって！」

英浩《ヨンホ》が腹をたてて、箸で酒膳の角を思いきり叩いた。

「おい、君。君はもうすっかり飼いならされてしまったんではないのか？　人間が、どうしてその……羊のように」

「待て、それは英浩も一緒だ。飼いならされる以外に、英浩だってこの世を生きのこる才能があるのかね」

「あぁ、それはそうだ……。えいっ。明哲、歌でもうたおうや。歌でも」

暗い夜空に　鳴り響く汽笛の声
不遇な男の　はらわたを切り刻む

その日とうとうぐでんぐでんになって家へ帰ってきた明哲は、軒下の鳥かごの前で千鳥足をとめた。その鳥かごのひばりは、明哲の人一倍の郷愁を癒すためのものであったろうか、いつか妻が故郷へ帰ったとき、義兄が贈ってくれた故郷の鳥であった。この地に息子のへその緒を埋めるようになった今日までも、帰郷の夢を捨てない明哲にあって、その一対のひばりは、故郷の青い空であったし、黄金色に波うつ芝生の畑だった。朝夕にさえずるその声から明哲は、故郷の川のせせらぎと忘れられない母の声を感じ取っていた。

鳥かごの前に立った明哲は酔ってはいても心は熱くなった。明哲は思わず鳥かごの覆いをとった。するとふいに目の前の鳥かごにかわって、死を前にした母の顔がぱっと浮かんできた。

「母さん！　母さんが、あの世の門の取っ手を握ったまま待っておられても、この息子は行けません。行けないのです。母さん！」

妻が出てきて明哲を抱きかかえた。

「部屋でお休みになってください。行けないことがあなたのせいですか。あなたのせいだとでも言うんですか。この世はあんまりだわ。どうして人間をこんなにまで……」

妻の涙は、明哲の胸をいっそうたぎらせた。

「そうさ。そう。俺のせいではないさ……。このひばりのように。鳥かごの中の、この……くそっ！」

明哲は突然、恐ろしい声をあげて鳥かごの戸を開いた。一対のひばりは、明哲にありがとうと挨拶でもするかのように、「ピッ」とひと鳴きしたあと、羽根をはばたかせて飛び出した。

「そうだ！　行け！　お前たちにも故郷があり、生んでくれた母鳥がいるんだから……」

明哲《ミョンチョル》は、二つの黒点を残して空高く消えていくひばりを眺めながら呟いていたが、突然空っぽの鳥かごを放りだした。空高く舞い上がるひばりを見ていると羨ましさが火のように起った。同時に得体のしれない勇気がわいてくるのであった。

「行こう。さぁ行こう。お前たちも飛び立った。俺も行こう。俺も行くんだ」

明哲は、ためらわず部屋に入っていった。そして、部屋の隅に掛かっているリュックサックを背負った。妻が母の心臓病によいと、秋が来るたびに山中を探し歩いて採集したサンザシの実の入ったリュックだった。

「あなた！　どうして、こんなことを……」

明哲は握って放さない妻の手を払いながら、飛び出し、よろめきながら歩いた。

＊　＊　＊

そのあとのことは明哲にもぜんぜん記憶がなかった。英三《ヨンサム》の話によると、偶然にも彼と同じ汽車に乗ることができた明哲は、彼に助けられ座席に座りこむと、いびきをかきはじめたとのことだった。英三がそんな明哲をさして、この人は自分の旅行証にのっている同行者だが、酒に酔いつぶれてしまったとウソを言って四回もの検閲を無事にやりすごしたというのであった。

「明哲兄さん！　今度停車する駅が私の降りる駅です。私は降りなくてはならんのですが、どうします？　今からは兄さん一人でまさに〝パルチザン（ゲリラ）〟をしないといけませんよ」

英三が耳のそばで知らせてくれる言葉に、明哲は緊張しながらうなずいた。しかし、どのようにパルチザンをするのか、あまりにも漠然としていた。恐ろしい猛禽に襲われ自分がこなごなになるような恐怖感に襲われ背筋がぞっとした。そしてその猛禽がそんなにも早く襲ってくるとは想像もできなかった。

次の駅で英三を降ろした列車が、二十分あまり走ったときだった。乗り降りする人でかまどのようにわきたっていた車内で、疲れ果てた人々の眠りを破り「今からお客さんの証明証を検閲します。あらかじめ準備してください」との列車員の声が響いた。英三の話通りだとすると、五回目に響く声だったはずだが、はじめて聞く明哲には、胸にあいくちを突きつけられたような冷たい声であった。すでに毒蛇のような青い制服を着た二人の鉄道安全員（鉄道警察）が懐中電灯を照らしながら車内の両方から迫っていた。心臓が破裂しそうに高鳴った。熱い汗が全身を駆けめぐっていた。

「こら！　立て！　歩け！　この野郎！」と捕まえた人を引っぱり出す声が、何席か向こうで聞こえてくると、明哲《ミョンチョル》は耳の中がうぃーんと鳴り、目の前が真っ暗になった。メンツや恥辱を訴える理性が存在したが、どんなことがあってもこの瞬間を乗り越えなくてはとの本能だけが全身を虜にしていた。そうして明哲の二本の足は、ちょうどウナギが土に潜るように、人々の足の間をさぐり椅子の下へと潜りこみはじめた。最初は足が、次は膝と尻、続いて頭までも……。

椅子の上では感じることのできなかったむっとする臭いが鼻をついた。睫毛にまでくもの巣がかかってきた。膝とあごをトアリ（物を頭に載せて運ぶときに用いる藁や布で作った敷物）のように折り曲げたが、大きな身体ははみ出ようとするだけであった。薄汚れた靴や真っ黒な運動靴が、鼻の前にくっつきそうであった。まるで垣根のように前を防いでくれる、その重なる足がありがたかった。しかしその気持ちは瞬間のものであった。急に自らの行動が情けなく思えて、ずきんと心臓の血がわきだした。

「私がどんな罪を犯したというのか？　ドロボウをしたのか、殺人をしたのか？　自分の国の自分の土地で、母親の病気見舞いに行くのが罪だというのか！」

明哲はがばっと飛び出したいような衝動を覚えはっとした。そのとき、矢のような懐中電灯の光りが明哲の目の前でとまった。背筋に戦慄がはしり、体をすくめると、「証明証！」という声が、あたかも鉄槌でも下されるように頭上で聞こえた。明哲は息をこらし、頭上の動静をさぐった。懐中電灯をまじかに照らし証明証を覗きこむ安全員の上着の裾の下から、胴回りをはっきりと見ることができた。その腰にクルクルと巻かれた捕り縄が、威嚇するように明哲を見下ろしていた。背筋に鳥肌がたった。拳銃も見えたがそれは次の問題だ。ひょっとすると血が付いているかもしれないその捕り縄を、こんなところでまた見ることになるとは！　脳裏に致命的に刻まれているために、今このような危険きわまりない瞬間にもまるで閃光のように、ある記憶が目の前に蘇るのであった。

明哲が、まだ幼心の残る人民学校（小学校）五年生のときのある春の日のことだった。学校では生徒たちを反革命分子を処刑する農場の脱穀場に連れていき、座らせた。新芽の吹く傾斜地の桃の木に死刑囚がくくられていた。ソ連に輸出するリンゴに糞を塗りつけたなどの検事の起訴文の朗読が始まると死刑囚は必死にもがきはじめた。何か抗弁するように腕を動かし叫んでいるようだったが、タオルで口をふさがれ縄でくくられていたので、ただもがいているだけに見えた。しかし死刑囚の動きはどんどんと大きくなっていった。その必死の動きからどこかの縄が切れたのか。もだえの幅がどんどんと大きくなっていった。すると、帽子にあご紐の安全員が飛び出していった。そして訓練された動作で腰の捕り縄を取りだすと、それで死刑囚をさらに強く縛りつけた。

しばらくして続けさまに銃声がとどろき、人々の鼓膜を震わせた。おだやかな春の空気の中を火薬と血なまぐさい臭いが漂ってきた。続いてトラック一台が桃の木に近づき車の後部をよせた。二人の安全員がナイフをズボンのポケットから出すと、桃の木に縛られた四人の縄を切りはじめた。だが帽子にあご紐の安全員だけは素手でさっき縛りなおした捕り縄をほどくと、血がついているかもしれないそれを無造作に束ねポケットに押しこむのであった。それが今さっきの銃声よりもさらに明哲《ミョンチョル》の手足をがたがたと震わせた。

その捕り縄は、その後も彼の脳裏から消えることがなかった。学校の宿題を忘れたとか、課外の課業(課外にしなくてはならない鉄くずを集めるなどの課業)などを遂行できなかった夜、その捕り縄が夢に出てきてうなされたものだった。明哲はその頃から、先生や少年団がさせる課題や作業の前ではいっそうぺこぺこする自分自身を意識するようになった。

服従意識という観念で頭の中が固まってしまったあの日の捕り縄。それが明哲の目の前で現実に再び現われたのは、数年後、彼が集団配置の上司に従い、やむなく軍の兵営を離れた日であった。その日、除隊兵たちを検徳鉱山まで護送する任務を受けた明哲は、トラックへはい上がる護送軍官の腰の中から見える拳銃とその捕り縄を見たのであった。偶然なのか必然なのか、列車内でのこの胸が凍る瞬間に、またそのおぞましいものを見るとは！まさにお前と俺とは切っても切れない約束された運命だということを暗示するかのように……。

明哲は捕まった人々を並ばせた二人の安全員が、その人たちを引っぱり出して連行し、視界から消えるまで息もつけなかった。もしも列車内が停電しなかったとしたら、明哲はいつまでも出ることができず、そのまま椅子の下で横たわっていたかもしれない。危機から逃れると今度は人の前でのメンツなるものが蘇るものだ。彼をそのまま椅子の下に潜らせ続けようとしたのであった。明哲は再び列車内が暗くなったとき、素早く椅子の下から這い出し、逃げるように別の車両へ移った。そんな状況のなかでも、サンザシの入ったリュックサックだけはぐっと握りしめ、決して離さなかった。

＊＊＊

明哲は汽車に飛び乗った夜と次の日の昼の間に、自分がまったく他の人になってしまったように思われた。汽車の窓にちらっと映る異常な顔つきは、何か恐ろしい熱病に罹ってしまった人のようだった。そうなるしかなかった。

明哲《ミョンチョル》はその間、二回に及ぶ検閲を逃れたのだった。一回目はたまらないほど臭いトイレに隠れて過ごしたごった返す駅前だった。その次はデッキの下にぶらさがっての難関突破。中間駅で有無を言わせず引き降ろされ捕らわれた人たちの泣き叫ぶ声が、明哲にあんなにも汚く危険なことをもためらわず選択させたのである。しかし、それはすでに過ぎ去ったことだった。今、故郷の駅に近づいている明哲は、それでも胸がふくらむのであった。病床の母親の喜ぶ姿が車窓にちらりと浮かぶたびに、明哲は思わず唾を飲みこみ、膝の上のサンザシの入ったリュックサックを両手でなでてみるのだった。

明哲は朝の太陽がソッタ山の頂きに昇る頃、故郷の駅で降り、駅構内の塀を無事に跳びこえた。たよりない第一歩を故郷の地におろすような気持ちだった。いまいましくはあったが、旅行証なしではそれ以外に方法がなかった。一息で町を通り抜けて村の高台に登ると、足下に白い昭陽江の流れがあらわれた。見なれたあの川を渡って十里（四キロ）、野ひとつと山ひとつを越えるとすぐにソルメという郷村があらわれるのだ！

明哲はすでに故郷の入り口の道を歩いている心情であった。太陽は昇ったときから容赦なく射しこんでいたが、昭陽江の川風は涼しかった。流れるさわやかな水の音と、ピイピイと鳴く水鳥の声までが耳元に聞こえてくるようであった。山並みが後ろに控えているので、どんな出歩きも必ず昭陽江を渡らなくてはならないソルメの住民にとって、この川はまさに母なる川であったし、想い出の川であった。明哲の中にもこの川に対する胸をえぐられるような追憶が宿っていた。

明哲が五つになった年の秋のことだった。明哲は母の実家へ行くために、母と一緒に川を渡し舟で越えてきた。だのにたった今、船から降りたばかりの明哲が、もう一度川を渡りたいとだだをこねはじめた。母がしばらくの間、なだめたり、諦めさせようとしたが、もう一度船に乗りたい明哲の心を変えることができなかった。母は仕方なく老いた船頭さんにもう一度船賃を払うはめになった。

「いや、いや。さっき船賃はもらったじゃないか……？」

「はい。この子がごねまして。船にもう一度乗りたいと」

「じゃ、もう一回往復したいと？」

「はい。おじさまには大変でしょうが、お願いします」

「ハッハッハ、こやつがしゃれたことを……。船賃とはなんの船賃……。はやく乗らんか。こやつめが！」

明哲は得意げに再び川を渡ってきた。しかし、船から降りるなり、母がげえげえと戻しはじめようとは誰が知ろう。

「こやつめ……。母ちゃんが甘やかしすぎかも。よくみるとそんな身重の体で……」

母の臨月をむかえた大きな腹を見て、同情の眼差しでこう語った老船頭を明哲《ミョンチョル》はいまだに忘れないでいた。明哲にはこんな想い出があって母を懐かしむ夢を見るときは、いつも昨日の列車の中でのように、どこかの川岸や渡し場にからむ夢だけを見るようになった。

「母さん、もう少しだけ待ってください。すぐにこの息子が夢見たように母さんの前に現われますから」

埃が舞い上がる明哲の両足は羽根でもついているようだった。このようにして昭陽江の橋に着くその直前のことだった。

「待て！」との声が明哲の鼓膜をついた。明哲はそのときはじめて、自分が浮きうきしていて橋の入り口にある遮断棒や哨所小屋（監視所）に対する注意を怠ったことを知った。自動車の取り締まりでもするのかと思ったが、通行人まで取り締まるとは思ってもみなかった。

「証明証を出すんだ！」

ヘビのような目に貝のようなあごをした明哲と同年輩ほどの男が、肩に銃剣を掛け、一方の手で銃根を握り締めながら、木造の蜜蜂の箱のような硝所小屋から一歩前に出てきた。

明哲は目の前が真っ暗になった。しばらく凍りついたように立っていたが、まごまごと公民証（身分証）を取りだして差しだした。その男が公民証のページをしつこくさぐっていたが、やがて再び要求した。

「旅行証は?」

「あの……、ありません」

逃れることのできない袋小路へ入りこんだ明哲だった。

「なんだって!」

男はヘビのような目で怒鳴り散らした。

「旅行証もなしに、咸鏡道からここまで来たというのか! まして〝一号行事〟が進行しているわが郡にだ!」

男は手にした呼子笛を持つと「ピ、ピー」と吹き鳴らした。遮断棒の横の哨所の戸がぱっと開いた。

「また、なんだね?」

「咸鏡道から旅行証なしに来た者です」

「そうかね。お前は英雄だよな。うん。こっちへ来い、こっちへ」

明哲は哨所小屋へと入っていった。小屋の中には、明哲を呼び入れたヒゲ男や、青い「T」型の肩章をつけた安全員(警察官)や遮断棒の操縦者のほかに、すでに捕まった人々でいっぱいになっていた。こんな落とし穴がここにあるとは夢にも思わなかった。ヒゲ男は自分の前に集められた人々の面前で、訓示の真っ最中だったが、明哲《ミョンチョル》が入ってくると、彼へも話の矛先を向けるのであった。

「見ろ。郡と郡との間の通行すらも取り締まりだなんだと文句ばかり言いやがるが、真昼間にこんなおばけが入りこんでくるじゃないか！」

ヒゲ男のまっすぐにのびた一本の指が、刺すように明哲を指さした。

「咸鏡道のどこから来た？」

「T郡です」

「そこで、何をしている？」

「鉱山で働いています」

「たいしたもんだ。よくやるよ。それだから、検徳鉱山が生産計画を立てられないんだ。こんなありさまさ。こんな」

ヒゲ男は、明哲に向って話にならんとでも言うように手を振りながら、顔を人々の方へ向けた。

「われわれが住民の統制事業をするのかね、それともしなくていいのかい、うん？旅行証というものが敵のスパイだけを捕まえるだけのものじゃないということだ。分かるか？そこのばあさん！」

「はい、はい。じゃけんどもわが山東郡と下東郡とは、この昭陽江の橋一本の境界ですから……。孫が急に病気になって、ほんと、最初は風邪だと言ってたんですが……」

「もういい、もういい」

このとき、もし一台のトラックが来て止まらなかったら、明哲は多くの人の前でどんな罵りを受けたかわからない。ヒゲ男はちらっとトラックに目をやったが窓際の受話器を持ち上げた。

「……郡安全部の作戦課ですか？　車が今来ました。はい。はい。全部送ります」

ヒゲ男は受話器をおいた。そして、人々を追いたてはじめた。

「さぁ、全部出て行け！」

「アイゴー。安全員先生！」

「これを見てください。私は隣の親戚が亡くなったと言うので……」

「私は、間違いなく公民証を無くしてしまったんですよ。ただそれだけで……」

急に訴え出す人々の中で、明哲もヒゲ男の一方の腕をつかまえた。

「安全員同志《トンム》！」

温厚な明哲にあっては、自らを超越する悲愴な勇断の結果といえる行動であった。千辛万苦のはてにここまでやってきたという思い、このようにして来たのに故郷の家の前で引き返さなければいけないという思い、今頃は息子を見ないでは目をつむることができないと、最後の息を引き取れないでいるかもしれない母。そんな切迫した思いが明哲《ミョンチョル》にこんな行動へとかりたてたのであった。

「私の事情を聞いてください。安全員同志！」

明哲はヒゲ男の腕を振り続けた。

「これは、いったいなんだ！」と、ヒゲ男は腕を振り払った。そして、明哲の頭に石でも投げつけるように吐きすてた。

「朝鮮中のカラスが泣き喚いてもお前はじっとしておれ！　お前は営倉（兵営内の反則兵士を拘置する施設）行きだ。営倉行き！」

しかし、そのときの〝営倉〟というぞっとするような言葉も、明哲に大きな刺激を与えるようなものではなかった。どのような対価を払い、どのような方法を駆使しようが、母に会って帰ることができるならば営倉ごときはなんでもないことであった。しかしいかなる手段もなかった。銃を担いだ歩哨兵までもが飛んできて、屠殺場へ向う豚の群れをあしらうかのように、明哲もとうとうトラックに押しこまれるしかなかった。ヒゲ男の足元にしがみついていたおばあさんも、杖をついて頭を下げていたおじいさんも、その誰もが例外ではなかった。トラックが黒い排気ガスを吐きだすとググッと動きだした。

「母さん！」

明哲は胸の中で叫んだ。息がはずみ両頬が震えた。うるむ目の前に、あの橋のそばの昔の渡し場が見えた。その瞬間とめどなく涙が溢れた。臨終のときですら顔を見せない不幸者の息子を持った母が不憫だったし、クモの巣にかかったトンボのように身動きできない自らの運命が悲しかった。

「母さん！　許してください。このできそこないの息子を、できそこないを……」

明哲は震える拳で涙と鼻水を続けさまに拭った。トラックの尻に巻きおこる白い埃が、明哲と、目と鼻のところにある故郷の山野の間を千万里の彼方へと隔てていた。

＊＊＊

寝ていた息子が目をさまして、ばたばたしはじめたために夫の話は中断した。二日間も寝こんでしまって、久しぶりに吸うタバコにむせながら吐きだした夫の話を、正淑《ジョンスク》はじっと聞いていている途中だった。正淑は「英民《ヨンミン》や、お父さんは起きてるよ」と息子を明哲に押しつけるようにして言った。

「さぁ、ちょっと息子を！」

「なに、息子だって、ふん!」

夫は苦笑した。話を聞きながら泣いて瞼を赤くはらした妻が、わざと明るい声で話すわけを知りながらも、夫はこう答えるしかなかったようだ。

「英民《ヨンミン》や。お父さんはお前がかわいくないとさ。うん?」

「産んでくれた母親の死に目にも駆けつけられないこの地で、息子が必要かね? 息子が!」

「あなた、どうしてそんなことを……。過ぎ去ったことをそんなに考えてどうするのですか。証明証を出させてもう一度行けばいいんじゃないですか。それまで母さまはきっと元気でいらっしゃいます」

正淑《ジョンスク》は、夫の話を全部聞きたかったが、このような慰労の言葉でそのまま封印しておこうと思った。しかし気になることが一つだけあり、それは聞かないわけにはいかなかった。

「職場のことが心配です。二十日をこす無断欠勤をしたわけですから……」

「それは心配しなくていい」

夫が正淑の話をさえぎり、机の上の手帳から一切れの紙を取りだした。

「確認書ですって?」

正淑は急いで読み下ろした。

姓名　金・明哲

上記の者は旅行規定の違反により、下記のように労働鍛錬したことを確認する。

一九九二年七月二日から一九九二年七月二十四日まで。

平安南道　◯◯郡安全部　労働鍛錬所

「えぇー！」

正淑は唇を噛みながら、視線を夫に向けた。

「お前の言うように、みんな過ぎ去ったことなんだ」

今度は夫が、取ってつけたような明るい声で言った。

「一口で言って、砂を噛み、つながれた牛馬にならなくちゃつとまらない二十二日間だったさ」

「もういいわ。もうやめて」

正淑《ジョンスク》は叫ぶように夫の声をさえぎった。上着を脱げば夫の背中にムチで打たれた痕でも出てこないかとの幻覚にとらわれ胸がうずいた。洗った夫の肌着に付着していたシラミが目の前にまたもうようよと蠢いていた。

「ピーチクピーチク……」

窓の外でひばりのさえずる声が聞こえてきた。

「ええ？ あいつらがどうして？」

明哲《ミョンチョル》は、窓の外の軒下に以前のようにぶらさがっているひばりの鳥かごを見て、驚きの声をあげた。

「あなたが行った二日後の朝見ると、あの子たちがまた飛んで来たではありませんか。なのでまた鳥かごをかけてやったらあのように……」

「馴らされたんだ。かわいそうな奴ら」

明哲は一言一言、噛み捨てるようにつぶやいた。

「ピーピー ピーチクピーチク……」

ひばりがまたさえずった。まるで明哲に「あなたも飼い馴らされたのでそのまま帰ってきたんでしょう」と、反発でもするかのように……。

「そうだ。俺もまた目と鼻が千里も離れているところで暮らさなければならないかごの中の生きものと同じだ。檻の中の動物！」

明哲はばっとその場に立った。結んだ唇が石のように硬くなった。明哲は窓の外へ手をさしだした。鳥かごをはずし両手で持ち上げた。しばらくじっとそれを見つめていた明哲の口から、うめくような声が漏れてきた。同時に彼の手は、鳥かごを両方にゆっくりと引き裂きはじめた。かごがばさっと二つに割れた。明哲は、そのすべての動作を事前に考えていたかのように悠然とこなすのだった。ひばりが部屋の中を一周し、矢のように窓の外へ飛び出していった。

「どうしてそんなことを、どうして？」

正淑ははじめて見る夫の厳しい表情と行動にひどくおじけづいた。

「どうしてだって？　かごを壊したいから引き裂いただけさ」

自由に飛んでいくひばりをじっと眺めながら答える明哲の顔は、やはり落ちつきはらったものだった。外に人の気配がし、郵便通信員が開かれた窓から電報を押しこんだ。その字句からは胸をえぐる文字が、二人の目に入った。

「母死亡」

泣き声は聞こえなかった。ただ、胸の中に流れる涙より数十倍も濃く、そして激しい何かに、電報を握り締めた二人の拳がぶるぶると震えているだけであった。

（一九九三年二月七日）

伏魔殿

「キョキョキョキョ……」

血を吐くように、村の裏山でほととぎすが鳴いている。その声に眠れないのは、おばあさんの呉さんだけではないようであった。

「うーん」

という老いた夫の長い呻き声がそれを物語っている。それに連鎖反応でも起こすように、今度は孫娘の泣き声が続く。

「うー、お母さん……」

「栄順《ヨンスン》よ、苦しいのかい？」

おばあさんは震える手で孫娘の包帯が巻かれた片方の足を暗闇の中で探している。手先に触れる角ばった木の冷たく硬い感触がおばあさんの胸を刺す。

「はぁ……」

ため息をついてみても、おばあさんの胸は痛むばかりだ。六歳の孫娘のか弱い足が折れるという痛みもさることながら、やはり腰に包帯を巻いたままずっとまっすぐ同じ姿勢で寝ていなければならない、彼女自身の苦痛のためだ。夫婦で娘の家に遊びに行って、出産間際の娘のために良かれと思って六歳の孫娘を連れてきたのに、まさかこんな災難にあうとは……。

「うぅっ、お母さん……」

「この足が治れば、汽車に乗ってお母さんのところに帰ろう。ね?」

「いやだ、いやだ。汽車になんて乗らない、乗らないよ。わーん……」

これまで小川のせせらぎのようにかよわかった孫娘の泣き声が、急に大きくなった。部屋の闇を引き裂くその泣き声には、明らかに怨みと抗弁が含まれていた。

「おばあさんや。汽車のことを聞くだけでもぞっとするというのに……。栄順《ヨンスン》の前でその話は……」

老いた夫のボヤキだ。

その言葉に悲しみが重なり、孫娘の泣き声がさらに高まる。

「そうですね、もうろくしてしまったようですね……」

おばあさんはつぶやきながら起きあがると、手さぐりで電灯のスイッチを押した。周りが明るくなると、涙に濡れた孫娘が彼女に抱きつく。

「栄順や。抱いてあげようか！」

おばあさんはたとえようのない悲しみで、孫娘の体と包帯をした足の下に両腕を入れて慎重に抱えて立ち上がった。そして、さっきからずっと座っていた窓際の椅子にまた戻って座りなおした。

早くよくなれ、よくなれよ
わが子の痛む足
古い友人のおばあさんが
薬の手でなでてやるよ

おばあさんは、膝の上に孫娘を抱いたが泣きやむことはなく、そのしゃくりあげる声もおさまりそうもない。孫娘のふくらはぎを燕の足を折るようにして傷つけてしまったのだ。胸にこびりついた血のしみが、どうしてたやすく消えようか。

「このばあちゃんが悪かったよ」

おばあさんはしわがれた声を出した。

「もう汽車に乗ることはよそう。二度と！」

二度と！　孫娘へのその決意をいっそう固めるかのように、突如として阿鼻叫喚のどよめきが聞こえてくる。そのどよめきの中に悪夢のように蘇る駅の惨状……。

＊　＊　＊

「人が死ぬ！」

おばあさんは叫んだ。人が折り重なり、人の中に埋もれて窒息しそうな絶望感によってであった。ごったがえす中で互いに足や肩がもつれてからみあい、おばあさんの頭と背中を押さえつけ、腰を折り胸を圧迫する。火照る熱気、汗の臭い、足元のどろどろとしたぬかるみ……。しかしそんなこともはや感覚から遠ざかっている。ただ、このように死んでいくのかという考えだけが脳裏をよぎる。これまでの人生を中学の歴史の教師として生きてきたからなのか、自分が飢えた奴隷の暴動群衆の中に埋もれて死んでいくという幻覚すら覚えた。幸いにも、パンの積まれた手押し車があったために救われたものの、そうでなければおばあさんはその場で倒れていたことだろう。

手押し車のパンが全部売れると、人の渦がおのずと消えていた。おばあさんの胸には三つのパンの袋が手つかずのまま抱かれていた。手放してしまった日には道端で三人家族がみな飢えてしまうのだという思いがあり、そのどさくさの中でもおばあさんはパンの袋を手放せなかったのだ。

「ええっ！　おばあさんのような人も、こんなところに入りこんでるんですか？」

汗だくになったひとりの青年が、脱げて泥だらけになった靴を履きなおそうとするおばあさんを見て驚きの声をあげた。おばあさんにはその声も聞こえるか聞こえないかほどだった。探しあてた靴を履いてみると、今度は夫と孫娘がいる待合室に行かなければならない。人々がたむろしないように窓枠までなくなり、窓という窓はすべて出入り口になってしまい、旅行用の水筒までもが尿瓶に変わってしまった待合室であった。絶え間なく雨が降りさえしなければそうはならなかったであろう。濡れないためになんとしてでも待合室に入らなければならない人たちであった。

外からの泥で汚れたコンクリートの床に、そんなことにはまるで構わず寝ている人たち、座っている人たち、そんな場所さえなく棒杭のようにあちこちに突っ立っている人たち……、彼らもそのほとんどが、おばあさん夫婦のようにこの駅で乗り換えようと降りたが、〝一号行事〟のため、この駅で足止めを喰らったのだった。

この田舎の駅は、決して大きくないが、四方から分岐線が集まる母体の駅のため、列車の運行に少しの変化があっても大きな影響を受けた。そんな駅が、まして三十二時間もの間、完全に閉鎖されてしまったのだから、今度のような混雑は当然のことであった。皆、食べるものもなく食堂も少なく、パンひと袋を買おうとしても、おばあさんのような艱難辛苦をなめるはめになった。だからなのか、人々は鉄道のすすで真っ黒に焼けた顔を突き合わせて、しかめっ面しながらつまらないことで口論をしている。バッグのひもが少し引っかかったとうるさく言っては通り過ぎ、少し押されただけでも食ってかかった。しかし、その押し問答が終われば互いの顔には必ず同じ表情が浮かんでいた。

「いったいどいつの一号行事がこんなに長くかかるのか？　いったいどいつの一号行事がこんなにも人を殺すのか？」

しかし口にしえない不満であった。この〝一号行事〟とは、金日成がこの鉄道を通るという極めて神聖なものである。でもまさか、殺人強盗をした者を生かしてやるというときに、その言葉に不満めいたことを言っては、猫の前のねずみの運命を免れないということだ。その猫たちも、駅の中や外のいたるところにいたのであった。

ひょっとすると隣人が、ともに苦痛を受ける振りをするその〝猫〟かもしれないのだ。チューチュー鳴けば誰が聞いているかしれたものではない。姑の腹立ちに子犬の腹でも蹴るしかない哀れな人たちであった。

おばあさんはそんな〝子犬〟のように、パンを買った駅前の広場から夫と孫娘が待っているところまで三十歩ほどの距離を十分余りかけてようやく戻ることができた。おばあさんたちが陣取った場所は待合室の中、壁に面した角で後ろからも横からも人間の〝攻撃〟を受けなくてもすむ、非常に良い場所であった。おばあさんを真っ先に見つけたのは孫娘だった。

「やぁ、パンだ!」

孫娘は途中で食べるものがなくなり食事をぬかしていたため、ようやく一食分になるかどうかというにもかかわらず、おばあさんが無事に戻ったことよりもパンの方がより嬉しい様子だった。それでも、夫は夫だった。

「だから自分が行こうと言ったのに……」

夫が起きあがり、パンの袋を受けとって、「よう、若奥さん」と言った。おばあさんが元いた席に座り、リュックに顔を埋めたまま寝ている若い女は目を覚まして場所を空けてくれた。そんな場所でもおばあさんは座ってみると生き返るようであった。おばあさんはパンの袋を開けて、おじいさんと孫娘の前にひとつずつ置いた。

「私はいらないよ」

おじいさんは遠慮した。遠慮したのではなく断食しようとするのであった。財布から最後の食料票を取りだした夫であった。ひと袋に五個ずつ入っていて十五個のパン、それが残された食料のすべてだ！

「早く食べなさいってば。あれこれ考えるのはおやめなさい。もうすぐ汽車が出発します。ここで餓死するつもりなの？」

おばあさんは強引におじいさんの手にパンを押しつけた。

「それなら、お前もお食べよ」

夫の言葉に、おばあさんももったいないがひとつ受け取らなければならなかった。これから路上であと幾つ食べなければならないのかわからない状況で、孫娘までも餓死させることになるようで、やきもきするのは夫と同じだった。

「あなた、本当に美味しそうに食べるわねぇ！」

おばあさんに席を譲って窮屈そうに横に並んで座った新妻が、喉を鳴らしてパンを飲みくだす孫娘を見つめ微笑んだ。

「考えてもみなかった。さぁ、ひとつ召し上がれ」

おばあさんが本当にすまないと、パンの袋を差しだした。

「ひとつどうぞ」

おじいさんも続いてすすめた。

「いえ、とんでもありません。このリュックの中にあるんです」

新妻がパンの袋を押し返して、三人家族をやさしく見守りながら言葉を続けた。

「どこまで行くつもりでこんなに……」

「私たちが来た道のりは遠いけど、あと少しだというのに、このありさまだよ」

「本当に、汽車がいつになれば……。あぁ！」

新妻が急に呻きだした。同時に両手で下腹を抱きかかえて、もたれていたリュックに顔をうずめた。

「痛いの？　ひとりの身体じゃないんだね」

おばあさんが聞いた。恥ずかしさのためなのか痛みのためなのか、新妻はまともに答えることができない。

「何ヶ月？」

「八ヶ月……です。生まれるのはまだ先で大丈夫なはずなんですが、さっきの人ゴミの中で押されたときから……」

「あぁ、どうしよう。こんな道端で」

おばあさんにとっては他人事ではなかった。お産の月が自分の娘と偶然にも同じであったのだ。女も男と同じように、牛馬なみに働いてようやく生きていけるこの時節だ。別れてまだ何日もたっていないとはいえ、娘にもこんな異変がないと誰が言えるだろうか！

「少し横になって楽にするといいよ」

夫もおばあさんと同じ考えなのか、足を引き、場所を広げて新妻に同情した。

「あぁ……」

新妻のそのあとに起こったことは知り得なかった。夫が席を広げてくれたその矢先に、北の方向を開札すると噂が流れ、待合室が蜂の巣を叩いたようになってしまったのである。騒動が落ちついた直後には人がごった返し、見ず知らずの人たちと向かい合わせで座ることになった。しかし、おばあさんの脳裏からは新妻に対する考えが去らなかった。新妻の不幸がおばあさんに新たな決心をうながせた。

娘の妊娠を知ったそのはじめの頃、すでにおばあさんは手紙を添えて、山奥に住む弟に熊の胆をお願いしていた。やはりなんといっても、産後には熊の胆が一番だった。

まさにその弟の家が、この駅からおばあさんの家の方向の四つ目の停留所にあった。四つ目の停留所ならば歩くのはそれほど難しいことではない……。しかも、ひとりでも少なくなれば食料の減りが少なくなる！　実のところ、おばあさんのこんな考えは、ここで浮かんだのではない。おばあさんはさっき最後の食料票を手にしたときに、自分の考えを夫にほのめかした。それと同時に、騒動にあったのだ。しかし、新妻を目撃した今はその思いがこれ以上ためらうことのできない確かな決心に変わった。

「栄順《ヨンスン》のおじいさん！　どうしても自分がさっき話したように動かないといけないみたいです」

「またそんなことを言って……」

眠っている孫娘を見守るために、ひしめき合う人たちの方に不自然に背中を曲げて座った夫がおばあさんと向かい合った。

「今度は本気です。あの新妻を忘れたのですか？」

「いや、まったく」

「女は一度産後の肥立ちが悪いと、精神病になってしまうのですよ、精神病に！」

「……」

「そこでね、どう考えてみても一石二鳥のことだから納得してくださいよ、ね？」

「年寄りのあんたがね。わしだって考えが足らんでそんなことを口にするのではないよ。あんたがひとりでそこまで無事に歩いていけるのかどうかと心配してなんだよ」

「そう、そんな心配はいらないですよ」

おばあさんは出発の準備を始めた。

しかし、いざ夫と孫娘を残して別れるとなると彼らを茨の原に置きざりにしてひとり行くような気がして足どりが重い。おばあさんは何度も振り返り、忘れられぬ駅の待合室をやっとの思いで抜けだしたのだった。

＊　＊　＊

膝の上の孫娘がすすり泣く声に、おばあさんは目を覚ました。

「うっ、うっ……」

すぐに泣きやんだが、しこりのような怨みはおさまる気配などなかった。おばあさんは震える手で孫娘の耳元の髪を撫でた。おじいさんもつらい駅の騒ぎの中にもおばあさんがいて、ささやかな幸せがないわけではなかったが、おばあさんの心中は違っていた。孫娘の前にひざまずいてわびてもたりないくらい、ひとり逃げだすことになって幼いものをこんな目にあわせたという自責の念にかられていた。腰の骨がゆがんだおじいさんに比べれば孫娘の傷は大したものではなかったかもしれない。しかしこちらは人生の春の芽生えではないか！　おばあさんは硬い包帯にくるまれた柔らかいその足の痛みよりも、孫娘が負っている心の傷がはるかに哀れだった。

「おばあさんがまた昔話をしてやろうか？　かわいい栄順《ヨンスン》のために」

おばあさんはなんとしても、孫娘の苦しみに安らぎを与えて償いをしなくてはとても耐えられなかった。孫娘が答えるかわりに首をこっくりする。

「よしよし、聞かせてやろう。昔むかしある海辺に……」

「心やさしい漁夫が住んでいたとさ、でしょう? それはお家で前に聞いたよ」

「ああ、そうだったか。そしたら……、そうだ。昔むかしひとりの壺売りが……」

「壺を作り、道をすたすたと歩いていくが……。へへ……」

昔話なら聞いてくれる栄順が、ほんのわずかの間、苦しみを忘れられる様子だった。

「あのとき、壺売りの話を聞かせてくれたね」

おばあさんは言葉に詰まった。〝あのとき〟のことを考えてしまい、うろたえて何かぶつぶつ言うだけで、すぐには違う話が浮かばない。

「ほお、栄順がおばあさんに向かって笑うのを見ると、このおじいさんも苦しみを忘れられるよ」

まっすぐな体で天井に目を向けたまま夫がそうつぶやく。おばあさんは、夫のいつにない柔らかな口調から、おばあさんになんの恨みももっていない孫娘を自分に抱かせてやろうとする夫の気配りを感じた。

「おばあさん、早く」

「はい、はい」

しかし、おじいさんの思慮深い気配りにひたっているおばあさんは、すぐには話を続けることができない。

「栄順《ヨンスン》や、おばあさんは昔話を全部話してしまったようだ。わしが聞かせてやろうか？」

「うん」

おじいさんの苦しみなどわかるはずもない孫娘だった。

「コケコッコー。栄順も雄鶏がわかるだろう？」

童心に帰ろうとしても、悲しく響く夫のコケコッコーの声に、おばあさんはにわかに目頭が熱くなった。夫が孫娘の痛みよりも妻の自責の念を少なくしてやろうと全力を尽くそうとすればするほど、おばあさんは熱くなる胸をどうすることもできなかった。夫のそんな行動は自分にだけではなく、誰に対してもそうだった！

おばあさんはある学校でのことを思い出した。堅苦しい数学の科目を教えてはきたが、生徒たちにも知り合いにもいつも親身になり尊敬を集めていた夫だった。

「キョキョキョキョ……」

尽きることのないホトトギスの鳴き声……。静けさの中にひそひそとイソップの童話を話し続ける夫の苦しみのこもった声……。

「いや、あのとき自分があの駅を離れることさえなければ、こんな惨禍は、もしかしたら……」

知らず知らずのうちに、おばあさんの考えは再び忘れることのできない、あの日のそのときに戻っていく。

＊　＊　＊

駅を離れたおばあさんは広い道に入ったとき、道路にも〝一号行事令〟が下っていることを知った。鉄道と海岸線とが並んで広がる道路には自動車はもちろん、通行人の影さえない。もともと封鎖された道路に、おばあさんはひとりっきりで道の途中で隠れているしかなかった。鉄道にくだされた〝一号行事〟とはいったいなんのことだろう。金日成が二人にでもなったというのか！　そして〝猫〟たちはこの道の上にもあちこちに潜んでいたのだった。

おばあさんは一里余り離れた道を歩く間にも、四度も彼らの取り調べを受けるはめになった。そのたびにおばあさんは年寄りだということを唯一の身分証明として、どうしようもないと言いはった。下手をすれば、どんな災いをも受けるかもしれないということのときに、どうしてありのままに振るまえようか！

おばあさんは生まれてはじめての意地悪な心で、よく聞こえる声にも「はい？　はい？」と聞こえないふりをした。あそこに見える村からあの村に行くだけの老人なのに、いったいなんの証明が要るのだと不満を口にしたりもした。そんなおばあさんに、あるところでは目玉をむいてすごんで怒鳴り散らし、まるで罪人を扱うようにしてみたり、またあるところでは言葉やさしくしてみたり、山猫のように冷たく険しい目つきで頭からつま先まで調べあげるということがあった。しかし、おばあさんがどこかの草むらに素早く隠れて鋼鉄の銃口で狙撃をしたり、あるいは道路に爆弾を仕掛ける偉人にはなれないと判断したのかそのたびに、「行け」と言ったあとで強い語調で言い放つのだった。

「行っても広い道の外側を気をつけて歩け。遠くから乗用車の音がしたらどこでもいいから素早く隠れな。わかったか？」

「はい、はい」

おばあさんが降りしきる雨に打たれて、四度目の尋問をくぐり抜けて、石の道を歩いているときだった。背後で不意に車のクラクションが聞こえた。振り向くと黒い車が広い道に列をなして走ってくる。おばあさんは仰天した。海を見下ろす道の右側にある松林のために車の音も聞こえないようだった。これまでは、生い茂る草につまずこうと、転んで畑の土に足がめりこもうとも、〝猫〟たちの要求を守り、道の外側を歩いてきた。そのうちに鉄道の方にも、海の方にも歩くところなどなくなり、仕方なく広い道に入りこんだのだが、よりによってただならぬ乗用車が自分に近づいてくるとは……。

　おばあさんは何か大きな失敗をやらかしたのではないかと思い、胸がどきどきしはじめた。そうこうしているうちにすでに二台の車が横を通り過ぎた。「ピッ」という音がした。おばあさんはわれ知らずそちらを振り向いた。前の車について順に止まる長い乗用車の隊列が目に入ってきた。おばあさんは見てはならないものを見たように視線をそらし、松林の方へ向かおうとした。しかし、車のドアが開く音に続き、聞こえてくる声が、おばあさんの足を止めた。

「おばあさん、父なる首領様があなたを呼ばれています」

　おばあさんは振り向いた。何かに後頭部をぶつけられたように頭が痛くなり、目の前が暗くなった。

「違う、違う」

　おばあさんは何かを押し出そうとするかのように両手を胸に持ち上げ、落ちつかずに自分でも意味不明な言葉をぶつぶつ話した。そして次第に目の前が明るくなって、向かい合った人たちが視野に入ってきた。服装といい、体格といい、鋼鉄の棒のように非の打ちどころのない男が笑顔でおばあさんの片方の手首を軽く握った。

「さぁ、早く」

鋼鉄の棒のような男はおばあさんを引っぱった。おばあさんは座りこむように縮む足をやっとの思いでととのえ、停まっている車の横までよろよろと引っぱって行かれた。身なりのよい男たちが車の周辺にしっかりと立っていた。その中でも乗用車の扉のひとつをすべてふさぐほどのたくましい体つきのひとりが目にはっきりと映った。靴から中折れ帽まで白金色のような服装をして立っており、褐色のサングラスごしにおばあさんを眺める人、彼は明らかに肖像画やテレビでずっと見続けてきた〝父なる首領様、金日成〟だった。

金日成はふっくらと出ている腹の横に両手をロシア文字「Ф」のように曲げて立ち、松林から吹く海風が涼しいのか、あるいは吹けば飛ぶような背の低いおばあさんが引かれてくる姿がおかしいのか、にっこりと笑いながら、立っている。

おばあさんはどういうわけか、自分の体が急に乾燥したナツメの実のように乾いていくのが感じられ、金日成の五歩ほど手前でばたりとひざまずいた。同時におばあさんの口から止まっていたネジが動きだすように、すらすらと言葉が出てきた。

「父なる首領様の萬寿無彊を心よりお祈り申し上げます」

この空の下に住んでいる者ならば、誰もが幼い頃から繰り返し覚えなければならない言葉だったが、こんな状況でもその言葉がおばあさんの口から溢れでた。

「おぉ、ありがとう」

しわがれた声がおばあさんの頭上から聞こえてきた。

「副官、起こして。起こして」

男の腕がおばあさんの腕をつかみ体を起した。停まっている車から幾人もがここに集まってきた。

「どこに行くために、ここを歩いているのですか」

深い同情のこもった金日成の声だった。

録音機がまわり、カメラが光った。四方から撮影機が廻りはじめた。それらがおばあさんをさらに当惑させたが、金日成の質問の前でふと気を取りなおした。おばあさんは口ごもりながらも訳を簡単に話した。もちろん〝一号行事〟のために駅で閉じこめられたということは口が裂けても言えなかった。

「あぁ、そうでしたか」と金日成はおばあさんの答えに笑みを浮かべてうなずいている。

そして続けた。

「しかし、熊の胆のためだけならば、ここからわれわれの車に乗ってまっすぐ家に行きましょう。この車がまさにあなたの家の方面に行くのですよ」

「いえいえ、とんでもありません。首領様!」

「娘さんの出産は心配無用です。われわれが平壌産院《ピョンヤン》（高い地位の者が利用する産院）に行けるようにお手伝いしましょう」

「とんでもありません。自分みたいな者にどうして……」

「大丈夫ですよ。私も人民の息子です。わが人民がとぼとぼ歩いていた昔を考えるだけでも胸が痛むのに、良い旅の条件がすべて整っている今の時代になんのために歩かなければならないのでしょう。さぁ、早く乗りましょう」

おばあさんはほとほと困り果てたが、乗ろうとすると目がくらみ、断ろうとすると無礼がすぎた。進退両難の状況のなかでおばあさんのせめてもの救いは、小脇に書類のかばんを抱え、車の後ろに立つ、ひとりの律義そうな紳士だった。

「首領様、おばあさんは首領様の車に乗るには難しいようですので、われわれの車にお乗せして行くように致します」

「それが良いと思います」

その紳士の願いに鋼鉄の棒の男が賛成した。

「そうか？　それがお年寄りの心の負担が少ないのかもしれない。では、お年寄りよ。私の車に乗ったつもりで後ろの車にお乗りください」

金日成は言葉を終えるとやはり笑みを浮かべた表情で、おばあさんの背中に手をまわしてやさしく後ろの車の方に案内した。そのあとどうやってその紳士の助けを借りて車に乗ったのか、まるで記憶になかった。外からはただ真っ黒に見えた窓の中に入ってみると、まるで水の中にいるようなこのうえない爽やかな空間で、そこからはゆったりと外の風景が見渡せた。ふかふかのソファーのため、全身から力が抜けるようだった。

高級な香りがする車のどこからか、やはりその香りのような柔らかい音楽が聞こえるか聞こえないかほどに鳴っていた。おばあさんは車がいつ発車したのか気づかなかった。車の滑らかなすべりのためだった。おばあさんは夢心地だった。一歩進もうとしても生き地獄のような境遇から、束の間こんな豪華なものに乗れるとは！　これは自分だけなのか。まもなく娘も平壌産院に行き、出産をすると思うと、夢でなくてどうしてこんなことがありえよう！

「おばあさん！　ご気分はいかがですか？」

助手席に座っているその紳士が、後部座席にやや傾き加減で、笑顔で聞いてくる。

「はい、はい。歩いても問題なかったのに……。こんなにしていただいて……」

「そんなことおっしゃらずに、首領様のお言葉通りゆっくりしてください。海の景色が終わる地点からはみんなが列車を利用することになります。しかし、おばあさんだけはこの車でお宅まで送ってくださるという首領様のお言葉がありました」

「いいえ！　どうか……、私はまったく問題ないのです」

「おばあさん！　本当に空よりも高く海よりも深いでしょう、首領様のこのお情けが！」

「身に余るお言葉です」

　おばあさんは答えながら幾度も頭を下げた。そして自分がたった今なんと答えたのかしばらく考えた。車は飛ぶように走っている。松や電信柱が窓の外にびゅんびゅんと飛んで行った。

　二十分ほど走ったときのことだった。「ポー」という汽笛の音に続き、車の左窓の外に豪奢な列車の隊列が現れた。窓ごとに白いカーテンをかけて屋根や乗降口がまぶしく光る、はじめて見る列車だった。おばあさんの脳裏には、海の風景が終わる地点からは列車を利用すると言った紳士の声が浮かんだ。車の隊列に続いて先頭にたっているあの列車こそ、金日成がこれから乗り換えるという特別列車に違いなかった。

　おばあさんはここへきてようやく鉄道に下された〝一号行事〟がなんであるか、道路に下された〝一号行事〟がなんであるのかを悟った。考えてみると、金日成は今、鉄道も道路も同時に利用してこの道を走っているのであった。鉄道の方が良いときは鉄道を、海岸の景色が美しいこのようなところでは車を利用しながら……。

「そう！　外出にはやはり列車が一番だ」

紳士が列車の出現を喜び、ひとりごとをつぶやいていた。おばあさんもそれに劣らず特別列車が嬉しかった。もはや〝一号行事〟が解除されたようなので、一般の列車が駅を通過するはずだった。しかし、その嬉しさはほんの束の間であった。特別列車の思ったより長い最後列が轟々たる余韻を残しながら視野から消えていくと、おばあさんの目の前には急にすさまじい光景が映った。最初の改札が始まるという声に爆弾が落ちたかのようになる、騒がしい駅の待合室！　雨と待つことと飢えに疲れはて、もはや魂まで失いかけている人たちが、窓と出入口に溢れかえったのだ。トンネルのように長い改札口は、瞬時に人の海に変わり果てる。「わぁ！」

押しあい引っぱりあい、ごった返している改札口がひっくり返る。切符どころではなく、もつれて押されていく人の洪水……。その中に孫娘の栄順《ヨンスン》をおぶったおじいさんの白髪が見え隠れしている。片腕でもがいている。そして、ぐつぐついうお粥の鍋の中に落ちたしゃもじのようになってしまったおじいさんの姿！　悲鳴、わめき声……。

「栄順よ！」

おばあさんは叫んだ。そしてあっと驚いて幻覚からわれにかえった。車の中の誰もがおばあさんなど目に入らなかったようにみえ、幸い栄順という声を口には出さなかったようだ。静かなエンジンの音が車の中に甘い疲労を呼びいれた。

＊　＊　＊

「おい！」

いつものように横になったままで呼ぶ夫の声が、おばあさんの考えを吹き飛ばした。

「栄順《ヨンスン》は眠ったのか？」

おばあさんは膝の上の孫娘を眺めた。

「はい、眠りました」

「そうか。昔話は私ひとりでやっていたのだな」

「ご苦労さまでした。あなたももう休んでください」

「眠気なんて来ないよ」

「そうね、あなたとこの子があんな災難を受けているときに、とても豪華な車に……」

「また……、そんな話はよしたまえ。だったらみんなに悪口を言われにゃならんのか？

つまらぬ考えはよしたまえ」

「はぁ！　いつになればこの子も、みんなも元気になれるのか」

「静かに」

おじいさんが急に耳を傾け、驚いておばあさんに聞いてみた。

「あの……聞こえてくるのは、お前の声ではないのか?」

おばあさんは夫が驚いた理由がわかりすぎるぐらいわかっていた。村の外の拡声器から今、おばあさんの声が響いていた。

「……そして私は広い道で止まった車のそばに連れられていったのです。それなのにその車の横に父なる首領様が……」

それはおばあさんが四日前に語った言葉だった。その日、夫と孫娘の消息を気にするおばあさんを待ち受けていたのは、大勢の記者たちの騒音だった。おばあさんは執拗な彼らのマイクの前で口を開かない訳にはいかなかった。そして、ラジオやテレビにすでに二日続きで流れていたが、駅の鉄道病院と郡病院を経て昨夜帰宅した夫にはそれがはじめて聞く声だった。その間、おばあさんを通して知ってはいたが、放送ではじめて聞く夫としては、驚かないではいられなかった。

おじいさんは聞き逃すまいと緊張して耳を傾けていた。おばあさんは悪事がばれたかのように、顔を赤らめた。穴があれば入りたいほど心が苦しくなった。拡声器から響く自分の声が夫と孫娘の傷に刃物をあてるかのようだった。ともに人生を歩んできた人の前で、自分は幸福だと決まり文句みたいに話す、それが傷に刃物を当てるのではなくていったいなんなのか！

おばあさんは放送が早く終わることを願った。すでに何日目なのか……。

しかし拡声器は、全国民の耳に釘を打ちこむまで放送しないではおかないというように、繰り返している。

「……父なる首領様におかれましては、私をついに乗用車にまで乗せてくださり車を走らせてくださいました」

ようやくおばあさんの声は終わった。かと思うと次には熱をおびた放送員の声が夫と孫娘の痛みの前に新たな刃を突きつけた。

「聞いていますか、聴取者の皆様！　わが首領様、わが社会主義制度に対する尽きることのないこの感謝の声を！　必ず父なる首領様のこのような慈愛があるからこそ、この土や空や海、そのどこにもわが人民の不満を知らない幸福の旅行が開けていて、その旅行の道のりのために呉春花《オチュンファ》老女（呉おばあさんの本名）のような幸福の笑い声が高らかに響いているのです」

続いて、豊作を祝うような歌が流れはじめた。

走れ走れ、列車よ走れ

汽車の音響けば愛する……


「うむ！」

　不意に響くおじいさんの呻き声が、放送の音を押しやって部屋の中をゆるがした。

「キョキョキョキョ……」

　その間、途絶えていたホトトギスが再び鳴きだした。言葉では言いつくせない痛々しい事情が胸から血を吐くようにして出たこの言葉は、夫の胸から響いてくるかのようだった。目を軽く開き、孫娘の足と自分の腰骨を潰さなければならなかったその痛みが、どうして骨身にしみないことがあろうか。まして〝幸福の旅行〟の文句を繰り返し、傷口に塩を塗られるような今となっては！

　おじいさんは昨日、孫娘とともに病院から帰って家で横になってから、自分がその駅で味わったことを詳しく聞かせてくれた。その話によれば、おばあさんの車の中での幻覚は幻覚などではなく、ほぼ現実そのものであった。ただ少し一致しない点があるとすれば、老人が孫娘をおんぶしたのではなく、胸に抱いて人の波に押しつぶされてしまったという、その点のみだった。その殺人風景の中で、腹を痛めていた新妻はどうなったのか？　もっとも、あの騒動の中で腰と四肢が歪み、流産したのは、どうして老人や孫娘、新妻だけであろう……。

しかし、天にまで届きそうなその苦痛の呻き声は、みんなどこかへ去って、外では今の自分のような〝幸福の笑い〟声だけがこの世に響きわたっている。それも、結局は両手の爪を同時に剥がされたような苦痛を受けたおばあさんの〝幸福の笑い〟声が！　この世にこんなことがあっていいのか！　このような残虐な魔力なしにはどうして、多くの人たちの苦痛の叫びを〝幸福の笑い〟に変えることができようか。

おばあさんは急に身震いした。不意にその残虐な魔術をかけている悪魔の映像が目の前にはっきりと浮かんだ。ぶよぶよとした肉付きで、その行動が非常にゆとりのある老いた悪魔！　その悪魔はたった今、巧みな術でおばあさんに対する〝幸福の笑い〟という魔術を終えたのに続き、今度は産院で出産したおばあさんの娘に対してさらに再び同じ内容の魔術をかけようとしていた。

おばあさんはもう一度身震いした。この国の皆が、今日までまさにその悪魔の魔術の中で真実とはかけ離れた、完全に逆の人生を歩んでいたのだ。

「いやだ、いやだ」

甲高く叫ぶ孫娘の声におばあさんは慌ててわれに帰った。しかし、膝の上の孫娘は寝言を言うだけで静かな息づかいだ。恐らく夢の中で足の骨が再び折れているという様子だった。

「この子がそんなに寝言を言うのかい？」

おじいさんも孫娘の声に目覚めたようだ。

「ええ、寝言です。もうよして……。あなたも早く少し眠ったらいかがですか」

おばあさんは、心を痛めている夫を少しでも癒してあげたかった。

「過去のことばかりを考えてしまうのでは……」

「いや、別に何も考えていないよ……」

夫が妻の言葉を否定して答えを返した。

「放送は放送……。その子が目を覚ましたら次はなんの昔話をしてやろうかと選んでいるのだよ」

やはり賢い夫だった。彼は今、自分が抱いているつらい考えをひた隠しにして、おばあさんの心を慰めるために昔話で紛らわすつもりだった。しかしおばあさんは、あえて夫にそのような気をつかってほしくなかった。むしろ自分もそのような気をつかい、つらいこの夜を、束の間でも心を休ませたかった。

「目が覚めたらこの子がまた昔話をせがむ。どうして昔話であれほどに静かになるのでしょうね」

「いいじゃないか。そんな鎮痛剤があの子にもあるというのは」

「だけど心配なさらないで。昔話は私が準備しましたよ」

「ほほぉ、またプーシキン？」

「違う。次は伏魔殿の話です」

「伏魔殿を？　悪魔が潜んでいる家の話だね……」

「そう、先に聞きますか？」

「ほぉ、私は栄順《ヨンスン》じゃないよ」

「鎮痛剤は、今は栄順だけに必要なものじゃないでしょう」

おばあさんの言葉は嘆きを含んでいた
「では、私も栄順になろうかな」

夫の言葉からうるおいが漂う。おばあさんは震える声をやっとの思いで整えて、思いつくままに話を始めた。

「昔むかしあるところに、十尋（三十メートル前後）の垣根をぎっしりとめぐらせたある丘があったとさ。そこでは老いた悪魔が数千の手下を率いていたのさ。驚くのは、その丘の十尋垣根の中ではたえず笑い声しか聞こえなかったとか。四季折々、はははほ、という感じでね。それはまさに老いた悪魔が自分の手下たちに一様に笑う魔術をかけたからなのさ。なぜそんな魔術をかけたかって？　それはもちろん手下を虐待する自分の罪をごまかして、『わが村の人々はこんなにも幸福なのです』と騙すためだとさ。そして、よその村人が見渡すことも、そして出入りすらできないように、垣根をつくったのさ。考えてごらん。村人の家々ではどこが痛くても悲しくてもわんわんと泣いてもそれが、はははほ、と笑い声だけが聞こえる。この世にこれほど悪質な魔術、そしてこれほど恐ろしい丘がどこにあろうか」

おばあさんは自分でも気づかず、再び嘆いていた。昔話で束の間でも安らかな時間を持とうとした考えは、やはり無駄であった。夜は深かったが拡声器からは、別の〝幸福の笑い〟声がまた響いていた。そうであればあるほど、おばあさんの頭からは孫娘に聞かせた昔話とは違う昔話の筋書きが次から次へと浮かんでくるのだった。

（一九九五年十二月三十日）

舞台

拡声器から鳴り続ける〝追悼曲〟が、雨降る市内の通りに重く流れる。その旋律は市保衛部（韓国の国家情報院に当たる情報機関）会議室にも流入し、そうでなくても沈痛な雰囲気に悲壮感を付け加えている。

今日に限って、会議室は発言者たちの声が格別にぼそぼそと響くようであり、天井から落ちる水滴さえも涙を流しているようだった。雨音、風の音……。雨足が音を立てて流れ落ちるガラス窓の外で、中が腐って空洞になった一本のしだれ柳がざんばら髪を舞い上げた。ふいに風がひと休みすると、ぽとぽとと高まる雨だれの音が物悲しく、会議室にもすぐさま入ってきた。

これらすべてが互いにまじりあって、〝追悼〟という言葉をどれほど深く刻みこんだのか、会議参席者たちは自分たちが現実世界ではなく、演劇の一場面の中に入りこみ、座っているようだった。

「ところで、うん？」

沈痛な会議場の雰囲気にのまれて、しばらく沈黙を守っている間に感情の変化でもあったのか、市保衛部長は、先ほどのくぐもった声ではなく、冒頭から金切り声を上げはじめた。「偉大な首領様の葬儀に市内の花壇をすべて野原にしたからといって、そしてこの梅雨時に土砂に埋められ、毒蛇にかまれながらも、山の花、野の花をすべて採って供えたからといって、〝うん、皆が忠臣だな！〟などと、われわれが安心できるのか？　断じてそうではない。打倒すべき対象がすなわちわが保衛部の家族の中にも出ているということ、うん？　泣いて泣いてたとえ死んでも悲しみから抜け出せないこの時期に、花を採りに行くといって山に野に出かけて、酒を飲み、恋愛、うん？」

部長は時々、涙や鼻水を拭おうとハンカチを握りしめた、自分の身体のように小さく堅い拳で、打ち壊すように演台の隅を叩きつけた。コップが均衡をかろうじて保ちながら跳びはねた。

「教訓は何か、先にも強調したが、首領様の服喪期間が延長されるこの時期に、我々は情報員をさらに覚醒させねばならないこと、そして彼らを通じて、われわれ各自が持つ百、千の目と耳と強い拳が、他のいかなるときよりも大いに活躍せねばならぬのだ。こうしてこそ、どんな化け物も頭をもたげられなくなるということを改めて強調する。私の話は以上」

部長は業務日誌を閉じた。そして、依然として節度をもって演台を叩きながら付け加えた。

「連合企業所の駐在員（職場や団体を担当する刑事）は私のところに来なさい」

声は低いが、よく聞けというような声だった。

「今、連合企業所と言ったのか？」

窓際の座席からこうつぶやいて側に座っている眼鏡男の方を振りむく者がいた。たいそう小柄な体つきの連合企業所の保衛駐在員・洪英杓《ホンヨンピョ》だった。彼は、「そうだ」と言う眼鏡男の返事とともに、自分に集まる場内の多くの視線を感じた。部長が先ほど、「わが保衛部の家族の中にも」と言った話の主人公がすなわちお前なのかという視線だった。その視線の中から会議場を出た洪英杓の目の前には、飲酒、恋愛といった部長の言葉とともに、息子・敬勲《キョンフン》の顔がちらついていた。

「これは、われわれ直属の情報員が聞きだしたことだ」

部長室に入ると、部長が自分の前に立った洪英杓に一枚の紙を見せながら、とげとげしい声で話しはじめた。

「偉大な首領・金日成同志《トンム》の服喪期間に連合企業所労働者の洪敬勲は、白蓮山論谷で花を摘んでいる最中に同じ工場の女性・金淑伊《キムスギ》の手を握って歩き回りながら……」

「金淑伊ですか？」

「聞きなさい、〝酒まで飲んだ〟そうだ？　これがその証拠だ」

と言って部長があごで示したのは、洪英杓が立っている前の机の上に置かれた手のひらほどのペットボトルだった。

「情報員が証拠物として拾ってきたものだ。嗅いでみろ。まだ酒臭い」

だが、洪英杓には、そんな酒瓶など問題でなかった。金淑伊だって？　どの金淑伊？　大柄な金淑伊？　いや、あの娘なら、まさか……。では、小柄の金淑伊？　どうか、部長がその名前までは問い詰めないでくれれば！

「どうだ、受け取るのか否かということだ」

幸いにも、部長が洪英杓の表情を見て自分なりの判断を下して、別のことを言いはじめた。

「で、洪同志の考えではどうだ。この事故が一般事故なのか、あるいは政治事故なのか？」

「政治事故です、もちろん。今がどんな時期ですか？　今が！　悲しくも首領同志が……」

長い肝炎で、痩せこけた洪英杓の浅黒い両頬に、機械装置で水が吹きでるように止めどなく涙が流れ落ちた。それは、洪英杓自身もよく分からない涙だった。どうすれば、胸の中の椀ほどの悲しみが、これほどの涙を送りだせるのだろう！　もちろん、部長の言葉が誘った涙としては値千金のような涙だろうが……。本当にあの涙の価値は大きかった。

「もうよい、もうよい」

突然、部長からも鼻声が出た。しかし、すぐにおさまった。

「実は、少し雷を落とすつもりだったが、洪《ホン》同志の気持ちを思うと、そんな必要はないようだ。先ほどの会議でも、それとなく遠まわしに言ったが、きつく響いたようだな……」

部長は寛大になった拍子に、肝炎で枯れ枝のように痩せこけていく自分の隊員に対する同情心さえ湧いたかのように、声はいっそうやさしくなった。

「早く行け。そのペットボトルはわが家族のことゆえ、私が直接検査したのだから、持って行け。君の息子を正常にするためにということだ」

「ありがとうございます。ありがとうございます」

洪英杓《ホンヨンピョ》は二回も敬礼をして、部長室を出た。

雨風は相変わらずだった。玄関の出入口を出た広い庇《ひさし》の下には多くの人々が雨宿りをしていた。「まったく、皆、心のうちはおだやかなようだな」。洪英杓は内心でつぶやきながら人混みをかき分けて歩いた。足元で泥水が跳ねた。あごにしずくが飛び散った。脇腹がまた痛みはじめた。病に勝てずこわばりはじめた肝臓に、憂鬱な気持ちが入りまじっているようだ。だが、今はいつものような突き刺すような痛みまではまったく感じなかった。〝不治の病〟は、自分よりも息子にいっそう差し迫っていたのだ。ズボンのポケットの中でペットボトルを潰れるほど握りしめながら歩く洪英杓の耳元に誰かの声が蘇った。

「息子を正常にするために……」

だが、それは先ほどの市保衛部長の言葉ではなく、除隊前の軍部隊保衛部長の言葉だった。

「……息子を正常にするために、政治犯収容所ではなく適当な口実を設けて生活除隊（問題があって任期を満了する前に強制的に除隊させること）にしてあげることは、あなたと同業者である私としてできる最も寛大な措置であることを御理解くださることを願います。この手紙に同封した息子の〝陳述書〟を見れば―見て見ぬふりをする―以上のすべての私の言葉が十分に理解されるだろうと思います」

洪英杓は、あのとき、手紙を読み、再度、震える手で、息子の〝陳述書〟を広げた。

＊＊＊

……私は今回、党と偉大な首領・金日成元帥さまの前で大変な罪を犯しました。〝自由〟を吹きこむ南朝鮮傀儡たちの対北放送によって頭が腐ったためと言った保衛部長同志のご意見も認めます。軍務者の芸術祝典の準備のため、ここの師団政治部に動員されて来る前、三十八度線民警哨所で勤務している間、私が奴らの対北放送を聞いていたことは事実であるためです。放送は、あたり構わずガンガン飛びこんでくるのですが、だからと言って耳を塞いでは暮らせませんでした。私が、今回、罪を犯したのは、先週の土曜日の夕方でした。その日、私たちは、政治部部長同志を迎えて行なった中間試演会のあとに批判を受け、夜遅くまで処罰訓練をしなくてはなりませんでした。

「今日の試演会は二点(十点満点の)だ。すべて不自然だということだ。私も今は耳学問だが、舞台自感(リアリティ)というのが何であるかくらいは知っている。舞台で繰り広げられる演劇を俳優が本物であるかのように表現するのが、すなわち舞台自感ではないか。言わば、嘘を真に表現するというか。そう、すべての場面が不自然で、同志たちのどこにこうした舞台自感があるのか? ただ恐ろしいほどの自己統制と監督下にのみ生まれ出るのが舞台自感だが、訓練を全部お遊びの場にしているということだ、な?」

政治部部長同志は、その日の夕方、こうおっしゃりながら、私たちに処罰訓練命令を下したのです。私たちは、疲れて、空腹だったために、不満も多く洩らしましたが、訓練も誠心誠意行いました。こうして十時になった頃、部長同志が、また来ました。訓練をきちんとしているか確認するためだったようでした。そのときはちょうど私たち話術組が舞台に立ち、他の組は訓練の順番を待って客席に座っていました。部長同志は、訓練に集中している私たちを見て少し気が和らいだのか、訓練を中断させて尋ねました。

「処罰訓練の味はどうだ、大変だろう?」

「大丈夫です」

皆、力強く叫びました。ただ、私のように父親がある道の党幹部指導員をしているという呉学南《オハンナム》君だけがしかめっ面で口をつぐんでいました。

「腹も減っているだろう」

「いいえ」

前よりもさらに力強い答えでした。そして、くぼんだ目にのっぽの姜吉男《カンギルナム》君が、「われわれは食い道楽ではありません。腹がふくれるまで夕食を食べましたから平気です」と言うと皆が、「その通りです」とかかとを合わせて靴音を響かせました。私は、それに驚き、不思議に思いました。ついさっきまで、訓練中に何かが足に引っ掛かってふらつくと、「トウモロコシ飯が力を発揮した」と言った姜吉男君の言葉に皆が大騒ぎしながら、俺の腹も背中と接吻を始めて久しいよとかなんとか言って皮肉に笑っていた彼らが、どうしてあんなにも相反する行動を写実的にできるのだろうか? それこそ、本当に名優も顔負けの洗練された舞台自感が下敷きになっている行動であることを、部長同志が理解したのかは分かりませんでした。

他方で、もう一つ不思議なことは、父親が保衛指導員であり道党指導員である私や学南《ハンナム》君だけがなぜ〝自感（リアリティ）〟に馴染めず、部長の前で糞をたれた犬のように立っていなければならないのかということでした。しかし、部長同志は私のこんな気持ちを知ってか知らずか、幾つかの激励の言葉をのべられたあと、体が冷えたのか寒い倶楽部（勤労者のために文化教養活動を行うときに使う施設。社会教育会館）からまた出て行ってしまいました。夜十一時にはもう一度来て総括するからと言いながらでした。ところが、十一時半を過ぎて十二時をまわっても部長同志はいらっしゃいませんでした。私たちは疲労困憊して、これ以上訓練はできませんでした。そして、声楽組だの伴奏組だの総勢四十余名になる人員が、生薪の煙だけが立ち昇るドラム缶ストーブの周囲にまばらに座って、寒いなりに舟を漕いだり、むりやり冗談を言ったりして退屈な時間を過ごしていました。逆立つ神経を押さえつけなくてはならないこんな環境では、どこにでもあるように誰かが変な声を出してあくび一つしても笑いが沸きあがりました。それは、一種の病気のような笑い声でした。

誰かが部長の足音でも聞いたのか、「静かに！」と言って皆が耳をそばだてたまま押し黙ったときに〝ぷぅ〜〟という音がして笑いの種を炸裂させたりもしました。同じ部隊の仲間でもあり、一緒に笑っていましたが、やはり内心はいらだっていました。まず、こうして、十二時過ぎになったことが、先ほど部長の前でむりやり空腹でもないと言ったあの答えにあるようで、そう答えた同僚に対する腹立たしい思いに耐えられなくなりました。その上、倶楽部の内部がなんとも言えないほど寒かったのです。それ以上に神経を刺激したのは腹が冷えていることでした。それでも自分が、『わが中隊の釜馬車（釜を設置した台車）』という寸劇の台本にそって、夜通し煮立った海鮮粥と御馳走をたっぷり食べる話をしなくてはならないので、内心すねたりもしました。私が、腹いせにタバコをまた一本口にすると、「さあ、取りあえず、ここまで。ひと休みして寸劇からまたやってみなさい」という訓練責任者の声が響きました。

「なぜ、よりによって寸劇からなんだ、また……？」という思いに内心ひどく腹立った私は知らぬ間に席から立ち上がりました。

「ちょっと待て……。えい！　俺が素晴らしい自感練習劇（舞台稽古用の作品）を一つやってみよう」

私はこう言いながら、すばやく舞台に跳び上がりました。どのような形であれ、内側から湧き上がるものをすくい出さなければ耐えられなかったのです。

「ええと……。題は何としようか？　うん！　『痛い、ははは』と『こそばゆい、うふふ』にしよう。まず第一幕『痛い、ははは』！」

私は爆笑を背後に聞きながら閉じた幕をかき分けて入っていき、身体は見えないようにして顔だけ出しました。こうして始まった私の即興劇が、どうして、あのように思い通りにできたのか、私自身も今もまったく分かりません。

「エー、皆さん！」

私は熱に浮かされて叫びました。

「今、皆さんに見えない私の後側では一掴みの針の束が裸の私の背中を刺しています。しかし、演出家の指示は〝笑え〟です。さあ、誰か演出家になってください」

「笑え！」

と誰かが客席で叫びました。

その声とともに私は口を開くと同時に、しかめっ面をしました。続いて〝うう、ふふ、はは〟と奇想天外な表情と声で泣き顔が次第に笑顔に変わっていく過程を思いきり巧みにやってみました。皆、死ぬほど笑いました。一部の女性たちは、身体を揺すって前席の背もたれをこぶしで叩いていました。私が幕から抜け出て、「次は第二幕」と叫んでも笑い声は止むことを知りませんでした。ところがそのとき、「ちょっと待った！」と叫びながら窪んだ目の姜吉男《カンギルナム》君が舞台に飛びこんできました。「おい、第二幕は俺がやる、俺が」と言いながら彼はいつの間にか幕の中に入っていき、私がしたように、おどけて顔だけを突き出して立ちました。

「お前がか？　いいだろう！」

と私はうなずきました。

「さあ、では今回は……。そう！　この自感劇の二十三学年生である姜《カン》君がその実力を披露します」

「ほほほ、二十三学年生とはまたなんですか？」

片隅からある女性が叫んだ。

「それは、ええと……。ああ、そんなものは聞く必要がありません」

と言って私は演出を始めました。

「第二幕の題は『こそばゆい、うふふ』。さあ、柔らかな手が少しずつ脇の下に入りはじめました、少しずつ、少しずつ、少しずつ……」

「はっははは。うふふ……。おおお……」

姜吉男君の演技は、私とは比べものになりませんでした。皆、腹がよじれるといって大騒ぎでした。

こうして思いっきり笑うと皆、気分が少し晴れたようでした。そして私たちは、まもなく、訓練を再開するようになったのです。

以上が、あの日、私が罪を犯すようになったいきさつのすべてです。申し訳ありませんでした。これは本当に私の頭が、奴らの対北放送に腐蝕されたせいでした。保衛部長同志が陳述書であきらかにせよといった要点を書けば次の通りです。

まず、自感練習劇の題名をなぜ、『痛い、ははは』と、『こそばゆい、うふふ』にしたかということです。それはたいした考えからではありません。ただ、あのとき、ふと思いついたのが、姜吉男《カンギルナム》君たちが、つらく、空腹でも、まったくそうでないふりをして政治部長の前で答えたことや、自分も空腹でも満腹だという、『わが中隊の釜馬車』を演じなくてはならないことや、万事、泣くことを笑い、笑うことを泣かなくてはならない、というようなことでした。

次は、姜吉男君を見て、なぜ、自感練習劇の二十三学年生としたかということですが、これも彼の年齢が二十三歳ということから浮かんだ考えからでした。本当です。

私は、本当にこのことが保衛部で問題になるとは思いませんでした。申し訳ございません。

＊　＊　＊

「ろくでもない奴」

洪英杓《ホンヨンピョ》は、雨が口に入るのも構わず、あのとき「陳述書」を読み終えて不快になって吐きだした言葉を再び吐きすてた。保衛指導員の息子だといって、たとえ恐れを知らずに育ったとしても、世間というものをこれほど知らなかったというのか！

軍隊時代は軍隊時代として、今になってまた！　軍部隊の演劇場や白蓮山の谷間ではなく、千尋の地の底で戯れたとしても、多くの人々の言動が写真に撮られるという世の中だということを、なぜ分からないというのだ。本当にこんなにも愚かな息子だったのか。いや違う。実際は、軍部隊保衛部長が〝知らんふり〟と表現したように、陳述書ではわざと間抜けの振りをしたが、それとは正反対で厄介な息子なのだ。

「頭が回ったといっても百八十度に回ったのだ。奴らの自由化対北放送の風に。そうでなければ、生活除隊などというレッテルを貼られても金淑伊《キムスギ》を好きになるものか。父親が政治犯収容所に入っている金淑伊を！」

洪英杓は、金淑伊との痴情関係を絶つと誓えと息子を絞り上げたことが思い出され、「えい、まったく！」と再度つぶやきながら、あごから流れ落ちる水滴を拭った。

気が付いたら家に着いていた。

「敬勲《キョンフン》は帰ってないのか？」

洪英杓《ホンヨンピョ》は戸を開けると、まずこう言い放った。

「そのようね。この雨の中でいったい……」

自分の気持ちを分かってくれない夫に、寂しい気持ちで妻の金善実《キムソンシル》が案じるように言うのだった。

「心配しても仕方ない。何があっても運命だ」

「なんですって。心配しなくていいというの？　花を摘みに行って今日も食料工場の人が二人も土砂崩れに遭ったわ。昨日、毒蛇にかまれた姜健人民学校の子は今朝ついに死んだのよ」

「分かった、分かった」

洪英杓は、自分の方がよく知っている事実を言われるのを聞きたくなかった。

金日成に対する弔問が始まって一週間にもならないのに、市内の花壇という花壇はきれいさっぱりなくなってしまった。家庭の花壇はもちろん、通りや公園の花壇、そのどこにも花一輪、満足に見つけられなかった。

弔問の最初の頃は分からなかったが、一日、二日過ぎると、人々は自分たちの弔問回数が密かに記録されていることを知ったのだった。すると、一日一回の弔問は鉄則になるばかりでなく、朝昼夜三回弔問する者まで現われはじめた。市内の人口五十万人あまりが、市党から人民学校に到るまで単位別にしつらえた数百の弔問所に、こうして花を摘んで供えるのだから花壇に花が残るわけがなかった。学校と職場では、人員を選んで野花摘みに行かせるほかなかった。自分の機関に一日に必要な分の花を摘むことが、花摘みに動員された人々のノルマだった。子供や大人たちが山と野原を歩き回った。だが、季節が季節ゆえあちこちで事故が頻発した。妻の心配も意味のないことではなかった。それでも洪英杓の口からは棘のある言葉ばかりが出てくる。

「ふん、そうやってくたばってしまえば、むしろよいわ！」

「なんですって!?」

「これを見ろ」

洪英杓は、雨で湿ったズボンのポケットからペットボトルを取りだし、床に投げつけた。

「なんなの、これ?」

「酒瓶でなくてなんなのだ」

洪英杓は、こう言いながら奥の部屋に入り、バタンと戸を閉めてしまった。

「ああ！」

金善実は、こう言い放って、いらだたしい気分にさせた夫に、不愉快な視線を送った。もっとも三十年近く同じ屋根の下で暮らしてきた今でも、着替えるときはいつもああして部屋の戸を必ず閉める偏屈な夫ではないか！

「それで、どういうことなの？　この酒瓶が」

金善実《キムソンシル》は、たまりかねて尋ねた。

「証拠物件もわからないのか？　証拠物件も！　花も摘んで女にも会って……」

着替えようとしてよろけながら答えた。

「花も摘んで女にも会ったんだ。酒まできこしめしながら」

「敬勲《キョンフン》が？　誰と一緒に？」

「金《キム》―淑《ス》―伊《ギ》」

「なんですって！」

金善実は、戸を思いっきり開けた。夫がズボンを素早く引き上げた。しかし、金善実の目の前には、息子が働く職場で小淑伊（こスギ）、大淑伊（おおスギ）と呼ばれる二人の淑伊の顔が渦を巻くばかりだった。

「どっちの淑伊なの？　また、あの大淑伊となの？」

「そこまで分かれば、俺が、今頃、こんなことをしているか。どこであろうが探しだして、あいつを撃ち殺してやるだろう」

そして、夫は細い腰が切れるほどピストルを付けた革のベルトをきつく締めながら、独り言のように言った。

「むしろ幸いだったな。間抜けな情報員どもが、大淑伊か小淑伊か区別をつけられなかったことが」

「でも、まさか、また、大淑伊だというの？」

「何か知っているのか？」

「いいえ。二人を別れさせようと、使える手をすべて使ったあなたも知らないことを私がどうして知っているの」

いらいらがつのった金善実の視線は知らぬまに窓の外の一輪のヒマワリに向いていた。梅雨の雨風の中でも、自分の姿を失わない花、その花の上にやはり同じように明るい顔が重なって浮かんだ。すらりとした背に少し波打った髪をした息子・敬勲の姿だ。晴れやかな額は理知的であり、かすかにつり上がった目尻には志の高さがうかがえる。いつも携えている大小の本とよく似合う額であり、まなざしである。

いつだったか、新婚時代に一度、夫はがらにも無く冗談めいたことを言ったことがある。自分の子供の頃から付きまとっている〝しみったれ〟という負い目を、息子の代では絶対に無くそうと決心したんだと。だから背が高く、顔がきれいで、芸術サークル活動にたけているあなたを射止めようとすべてを捧げたのだと。そして、自分の願いを叶えてこうした息子を一人産んでくれと……。

夫は、本当にこの願いを叶えたのだった。しかし、むしろ叶えない方が良かったのかもしれない願いだった。夫が子供の頃から感じてた負い目を、今度は自分の息子に感じるかもしれないからだ。世間の感じ方や、言動のすべてから、父親よりも重厚なものを感じさせる敬勲《キョンフン》だった。目の前にいる二人の父子間のやり取りだけ見てもそうだった。

夫が息子を荒縄で縛り上げるようにして大淑伊《スギ》との絶交を約束させてしばらくたってからだった。善実《ソンシル》は部屋で夕方に雑巾がけをしていたところ、夫のテーブルの上におかしな文書が見えた。それは〝金聖彬《キムソンビン》一家移住に関する調書〟という題目の下に、あれこれ理由が書かれ、この家族を独裁区域(強制収容所の一つで終身拘束する区域)に移住させようとする内容の、読むのも惨たらしい書類だった。金聖彬は大淑伊の父親の名前だった。善実は誰かが見るのではと素早くそれを隠しておいたが、夫の前に突き出した。

「猿も木から落ちるというけど、あなたもこんな失敗をしたのね?」

「落ちるときもあるが、落ちるふりをするときもあるさ。そんなもの、なぜ拾ってきたんだ?」

「では、これは本当なの?」

「一度、見たんだろう。元に戻しておきなさい」

善実は、このとき、これが大淑伊に対する息子の本心をさぐる夫の計略であることに気付いたのだった。

はたして、数日後、敬勲が反応してきた。

夕食後、三人がテレビで、『前哨戦』という映画を見ていたとき、敬勲が何気なくつぶやいた。

「本当に階級的敵どもの本性には変わりがないんだね」

「お前、たまには、まともなことを言うんだな！」

夫がただちに反応した。

「はは、私がいつも階級線（この線からはずれてはいけないという金日成らが描いた線）から脱線して暮らしていると思ってるんですか？　わが党の広幅政治線（金正日がとなえた幅の広い政治という比較的寛大な線）から人を見るのはたまにだけですよ」

「広幅政治も、みな、引かれた線の中の広幅政治だ」

いつに無く和気あいあいの父子間の議論だった。

「それゆえ私も……」

と息子は続けた。

「父さんがわが党の保衛事業をもっとうまくやればということです。わが隊伍から追い出すべき対象については適時に容赦なく追い出すべきだと思います。自分との少し前の関係を考えて、こんなことを言うのはあまり良くないことですが、例を挙げれば、大淑伊《スギ》みたいな奴らのような家のことです」

「や、お前、どこでそんな話を……」

「私にも目がついていますよ。出張で家を空けたことがあったではないですか」

「あっ、あれはまずかった！　お前、俺の机の上に置いてあったあの文書を……」

この日の父子間のやりとりは、外見ではこのように父親の勝利に終わったように見えた。言わば、夫が息子の胸中から引き出そうとしたものを引き出した形になった。だが、善実《ソンシル》は夫の勝利がどこか信じられなかった。夫が針にかかった魚を釣りあげたのではなく、エサに自分から飛びついたおかしな魚を釣ったように、なぜか感じたのだった。

そして、今日、また、息子と金淑伊との間にことが生じたのを見れば、あの日、夫がおかしな魚を釣ったのは間違いなかった。元はといえば、敬勲《キョンフン》のことに小淑伊を重ねる必要は少しもなかった。息子の側にその影すら見えない小淑伊ではないか。そんなことをよく知りながらも、夫も自分も〝小淑伊か、大淑伊か〟といったのは足元の火の粉が夢だったことを願うような愚かな考えに過ぎなかったのだった。さらに、父母が反対したからといって、いちど愛した娘を簡単に諦めるそんな息子ではなかった。

善実は、突然、胸が震えはじめた。今回は、本当に撃ち殺すかもしれない夫と敬勲の衝突場面がぼんやりと目の前に浮かび上がった。

「俺の傘！」

という声に善実は、今まで視線を向けていたヒマワリから夫の方に目を向けた。

「また、どちらにいらっしゃるのですか？」

「工場の弔問所だ」

夫は戸を開け、傘を広げながら、聞けとばかりにつぶやいた。

「狂った奴だ、この追悼期間に……」

敬勲は、夕方になって服をびしょぬれにして帰宅した。職場の人がみな退勤したあとで、家を一軒一軒回りながら花を分けてもらったので、遅くなったそうだ。洪英杓《ホンヨンピョ》が工場弔問所の要所要所に配置した情報員たちに会って家に戻ったのもこの頃だった。

「敬勲や、御飯よ。早く来なさい」

という妻の声は、家の中に突風が起こる前に夕食をすませようという合図だったが、洪英杓にはそのような妻の気持ちまで考える心の余裕がなかった。服を着替え、髪を梳かしたあと、オンドル床の暖かい部分を探し当てて本を広げていた息子を見ると、冷静を装っているようだが、内心は火花が散っていた。

「本を閉じろ」

洪英杓《ホンヨンピョ》の声ははじめから鋭かった。敬勲《キョンフン》は、驚いて目をみはった。

「お前、花を摘みに行って何もしなかったのか」

「はい。気を付けています、私も。近頃、周囲で事故が起きていることを私も……」

「ごまかすのは、やめろ」

「え？」

「今日、会議に行ったが、俺の政治的生命に泥水が掛かった」

「政治的生命ですか？　私のためにですか？」

「『私のために？』だと。この哀悼期間に酒を飲んで飛び回って『私のために？』だと？」

「父さん！　何か誤解があるようなので、少し落ちついて話してください」

「こいつ！」

洪英杓は、椅子にもたれながら、テーブルの上に将棋の駒を置くようにペットボトルを音をたてて置いて怒鳴った。

「これでもか？」

「なんですか、これは？」

「自分が飲んで捨てたものも分からないのか？つないで歩いた大淑伊《スギ》の手は憶えているだろう？」

「ええ？　誰がそんなことを？」

「知らないというのか？」

「はい。今、知ったばかりです。このペットボトルだの、すべて……」

敬勲は、思わず言葉を切った。彼の唾を飲みこむ音が善実《ソンシル》の耳にまで聞こえてきた。

「敬勲！　すべて白状しろ」

善実は、幸いにもまだ爆発を免れているこの雰囲気を、なんとかこのまま維持したかった。

「父さんも、みな、お前のことを思って、こう言っているんじゃないか。お前だって、このまま工場労働者でいるのかい。生活除隊というレッテルを剥がして早く自分の道を行かなくていいの？」

「分かってますよ、母さん！　しかし、だからといって、険しいがけ道で同僚女性の手ひとつ引くこともできないのですか？　それも職場から一緒に行った同僚です」

「その通りだ。だが、それが大淑伊だった？」

洪英杓が皮肉混じりに言った。

「そうです」

「では『前哨兵』の映画を観ながらお前が言ったことは、全部芝居だったというのか？　また、自感訓練だったのか？」

と言いながら奥歯を噛みしめる洪英杓《ホンヨンピョ》の口からは、ギリギリという音すら聞こえそうだった。

「許してください。そのことだけは……。しかし、父さんがこれまでしなかった失敗をするふりをしながら、芝居を始めたのではないですか？　それなのに、私がどうして黙っていられるでしょうか。父さんは大淑《スギ》伊の問題のために、こうして神経を使われるのですね。それで私は父さんと母さんを安心させたくて父さんの芝居にのったのです」

「それで、どうしたのだ、大淑伊との関係は？」

「ええ、私がお二人の前で誓ったのだから、彼女と結婚するつもりはありません。しかし、異性間ではなく人間的な愛だけは捨てられませんでした。私は率直に言って、あらゆる面で優れている彼女が小さくなって暮らしていることに対し、同情を禁じえません。彼女の父親の罪とはなんですか？　金正日が後妻を迎えたという事実を言ったという、それだけではないですか？」

「黙れ！」

という声にペットボトルが風をきって飛び、敬勲《キョンフン》の片頬に当たった。

「この反動野郎！　お前がそういう考えだから、首領様が亡くなったこんなときに酒まで飲むのだ！」

瞬間、敬勲は抑えられたバネのようなものが胸の奥で跳ねるのを感じた。口さえ開けばそれが飛び出そうで、血が出るほど唇をかみしめた。両手で胸を抑えた母親が、敬勲に緊張したまなざしを離さず、荒い息をした。

「あんまりです。父さんは！」

まもなく、なんとか平静を取り戻した敬勲が、静かだが激しい語調で口を開いた。

「忠臣にはなれないけど、私も故人を哀悼すべきだというそんな倫理道徳くらいは守ることを知っています。父さんは、そう、メチルアルコールも飲みますか？」

「なんだと？」

「メチルアルコールを服につけて行けば、蛇が逃げていくので、そうしたのです。それは私が使い切って捨てたペットボトルです。信じられなければ、今、電話してみてください。実験室の朴《パク》技師のところに。彼にもらったものです」

「敬勲や！」

金善実《キムソンシル》が声を詰まらせて敬勲の両手をさっと引き寄せた。美しく老いた彼女の両目から涙が雨のように降ってきた。

母親のその涙で敬勲《キョンフン》の目にも熱いものが疼いた。そして、〝自感訓練二十六年生〟というほど、胸の奥に絶えず埋め、押さえつけていなくてはならなかったものが頭をもたげた。

「父さん、なんてくだらないことでしょう」

敬勲は、自分の頬を打って足元に落ちたペットボトルを拾い上げて、血を吐くように話し続けた。

「こんなゴミを持ちだして、問いただし、認めさせて、人々を抑圧、統制しようとする者たちのことです。本当の生活とは自由なところにのみあるのです。抑圧、統制するところほど、演劇が多くなるのです。なんとひどいことでしょう。今、あの弔問所では、すでに三ヶ月も配給を貰えず餓えている人々が哀悼の涙を流しています。花を採ろうと歩き回って毒蛇にかまれて死んだ幼児の母親が哀悼の涙を流しているのです。そう、彼らの涙が本物ということです、ね？　庶民たちがこうして流す涙まで、流し方を知る名優の涙と同じにしたててしまうこの現実が恐ろしくないのかということです」

「黙らぬか！　この愚かな反動野郎のガキが！」

「なら、庶民たちが流す涙を、忠誠だの一心団結だのと言って叫んでいる人々はなんなんですか？　彼らは愚かではないのですか？　演劇の舞台とは必ず幕が下ろされるということを父さんは知るべきです」

「この！」

洪英杓《ホンヨンピョ》が引き裂かれるような呻き声を上げて椅子から素早く立ち上がった。そして腰のあたりをさぐった。

「あなた！」

金善実《キムソンシル》が驚いて彼を制した。

「どけ」

片手で金善実を押し倒した洪英杓のもう一方の手には丸い鋼鉄の目玉が鋭く光っていた。

「撃ってください」

敬勲もためらうことなく立ち上がった。

「これが父さんの情、願いならば！　しかし、百回撃っても死なないのです。人間らしい世の中で暮らしたいという私の欲望だけは！」

「なんだと！」

カチッと引き金を引く銃弾が込められる音がした。突然、室内が真っ暗になった。

「ああ、なんということを！」

金善実は、息子が立っていた方向に這っていき、両腕をしきりに動かした。

「死というものは、このように来るのか……」

と言いながらも、そのまま何かを必死に探した。どこからかベルの音が聞こえてきた。

「……停電だと？　車庫……。車庫！　弔問所に自動車をとばして明かりをつけろ、早く！」

金善実《キムソンシル》は聞こえてくる声がこの世からなのか、あの世からなのか分からなかった。

「敬勲《キョンフン》、敬勲！」

「母さん！」

闇の中で善実の手をまさぐってしっかりと握り、子供のように声を出して泣くのは明らかに息子の敬勲だった。門を蹴って出て行く音が室内の暗黒を揺るがした。空が少しも見えない墨汁のような夜だった。しばらく、雨が止んだかと思うと風がはげしく吹いた。耳元で数百個の鞭でも振り回すような音が、天地の間に満ち溢れた。

洪英杓《ホンヨンピョ》は猛烈な勢いで駆けていった。企業所正門の横に〝偉大な首領様を太陽と月が尽きるまで戴きます〟という文句が刻まれた、金日成を描いた大型の油絵がすなわち企業所の弔問所だった。数千名を越える企業所の労働者を弔問客として収容するには企業所倶楽部はあまりにも狭かったようだ。弔問所には、洪英杓の指示通りに車庫から駆けつけた自動車がすでに灯りを照らしていた。

五台の自動車のヘッドライトは弔問所を明るく照らした。油絵の大理石の壇の上に置かれた花まで一輪一輪見分けられるほどだった。騒がしい風の中でも、慟哭が聞こえてきた。自動化された人工湖水のように一方から流れ入り、一方から流れ出て、弔問所には一定の人員数が正確に保たれていた。それは弔問所の息づかいが正常だといってくれるようだった。情況は、洪英杓が自動車の運転席に安心して座っていてもよいことを示していた。だが、洪英杓は、この時刻にこうして座っていたくなかった。

なぜか、今の弔問客たちの顔を一度、まっすぐに見てみたかった。いや、まだ、演劇だの、作り涙だのと言って耳元に響いている敬勲の先ほどの言葉が、洪英杓をこのように突き動かすのかもしれなかった。洪英杓はつばを引いて帽子を目深に被った。そして、弔問客の波の中に入っていった。ところが神の悪戯なのか、ちょうど大理石の壇のすぐ前に立っている大淑伊《スギ》の母親が目に入ってくるではないか。

洪英杓は、夫が現在、政治犯収容所に入っている大淑伊の母親や、なによりもありきたりの人々の弔意の姿を、とりわけ目をこらして見ようと弔問客たちの中に混じったのではないか！　だが、実際に壇上に花を供えて、「父なる首領様！」と言って黙祷を始める大淑伊の母親と向き合った瞬間、洪英杓は不意に背筋が寒くなった。本当に、彼女の両頬に涙が止めどなく流れているではないか！　まさに、これこそ洪英杓が今まで考えてみたこともなく、かりに考えてみたところで信じられない身の毛がよだつ光景だった。九つの尾を一度ずつ振りながら、九つの知恵を使ったという九尾狐でなければ、どうやってあのように涙まで溢れさせられるというのか！

洪英杓《ホンヨンピョ》は、目の前で知恵を働かせている、あの九尾狐を避けるように弔問客の中から抜け出した。問題の肝臓が再びひどく痛みはじめたが、洪英杓はそれが気にならなかった。ただ、頭の中が痺れ、耳の中で蝉の鳴き声のようなものが騒々しく聞こえるだけだった。洪英杓は、自分が今、目を開けて夢を見ているようだった。たった今見た涙が、それほど信じられなかったのだ。

大淑伊《スギ》の母親のような人でも、「父なる首領様！」と言って悲しげな声や、慟哭を作りだせるとしよう。しかし、涙までどうやって出せるというのか。涙とは、貯めた水瓶から水を噴出させることだ。そんなことはできないのではないか⁉

「それがすなわち舞台自感というものなのです」

そのとき誰かの声が聞こえてきた。敬勲《キョンフン》のようでもあり、軍隊時代のある同僚の声のようでもあった。

「自感……？」

すでに、ふだんの精神状態ではなかった洪英杓の両足は、このように行き来する答えと問いに引きずられ、弔問所のどこかへととぼとぼと歩いていった。

「そう。その自感というものなら、大淑伊の母親ですら涙まで流せるのだ。だが、それは俳優たちにのみあるものだ」

「では、俳優というものをまだ知らないというのですか?」

また、聞こえてくるのは誰の声だろうか? 自感練習劇の第二幕を横取りしたあの姜吉《カンギル》男《ナム》の声なのか?

「あの女も自感練習劇『痛い、ははは』、『こそばゆい、うふふ』の四十五年生ということをまだ知らないのか、ということです。あなたが持っている恐ろしい目と耳と拳で彼女に四十五年間も直接訓練をさせてきても知らないという話になりますか?」

「四十五年生……? あの女が今年四十五歳だから、だが、あんな九尾狐のような知恵を俺が訓練させただと? 俺が!」

「父さんも自感練習五十八年生なのに、その程度の訓練をさせなかったのですか?」

「敬勲、この野郎! さっき撃ってしまうべきだったのに。こいつ、また、どこから現れたんだ……。俺はそんなもの知らない。知らん!」

「ではお椀ほどの悲しみでペットボトルのような涙を出す知恵はどこで学んだのでしょう?」

「こいつ！　俺がどこで？」

「今朝、保衛部長の前ですよ」

「なに？　し、知らない。知らない。知らん……」

洪英杓《ホンヨンピョ》は何かに足をとられて転んだ。起き上がろうとして自分の精神の呻き声を出した。しかし、精神もまた混迷した。吹きつける風が裾を捉え翻した。

「おい！　おい！」

たった今、後ろから風の音と共に聞こえてきたあの水の霊のような声は大淑伊《スギ》の母親がまた涙を流す哭声なのか？　背筋が寒くなった。

洪英杓は、身体を震わせた。彼は今、馴染みの企業所区内の片側にある小公園に立っていた。しかし、それをもはや認識できないでいた。ただ、瞳孔が開いた目で企業所の弔問所の明るい灯だけを眺めているだけだった。あちこち行き交う自動車のヘッドライトは、あたかも劇場の照明のようだった。その照明の一筋の光がここまで届き、周囲の薄暗い松の木と石製の腰かけ一つをうっすらと照らした。

「ところで、この松の木々は本物の松のように巧く作って立ててあるなぁ……。待て、待て、この舞台で誰を訓練させると言ったのだ？　あ、そう、そう……」

〝舞台〟の向こう側の松の木の間に誰か訓練者が入ってくる。そして訓練は、償えない恐ろしい罪を犯したその訓練者のこめかみに拳銃を突きつけ、何かの決着をつけねばならないというものだった。

「バーン」

突然、一発の銃声が七月の夜の空気を破った。しかし、洪英杓はその音を聞きとれなかった。自感劇の怖ろしい監督であり、彼もその劇のひとりの名優だった洪英杓は、同業者たちより一足先に自分の演劇舞台の幕を降ろしたのである。

（一九九五年一月二十九日）

赤いキノコ

（一）

Ｎ市の人々は、労働党Ｎ市委員会の庁舎をさして〝レンガの家〟と呼ぶ。市党委員会の庁舎が、赤いレンガ造りという理由からである。庁舎が街のレンガ造りの建物の中で、ひときわ赤く見えるという特徴がないではない。それもそのはず、八・一五（一九四五年の日本の植民地からの解放）の直後、Ｎ市委員会の初代書記（北朝鮮では書記はその部署のトップ）を務めた人が、赤い添加剤を混ぜるように指示した特注のレンガ造りの庁舎であった。

獅子頭にマドロスパイプをふかしながらマルクスの『共産党宣言』もまる覚えしたという労働党Ｎ市委員会の初代書記は、あのヨーロッパの赤い幽霊がまいた種子から発芽したのだから、内面はもちろん外側も赤くなくてはならないと、レンガだけでなく瓦にも添加剤を混ぜて、赤い庁舎を建てたのであった。人々が「レンガ」と呼ぶ言葉には、レンガの意味よりも〝赤い〟という意味がさらに強く含まれていると言わざるをえない。

もし、ハナ垂れ坊主どもが「ふん！　どうせレンガの家の子供だからな」と言えば、それは市党舎の子供にできないことは何もないという意味である。また奥さん連中が、「見て見ぬふりしなよ。レンガの家の女房のお出ましさ」と言うのは市党舎の夫人を恐れてのことである。ある企業所の指導員が、「つべこべ言うな！」と言うのは、レンガの家の夫人、すなわち市党の指示ということである。

道（日本の県より広域。関東とか関西にあたる）日報社の特派記者・許潤模《ホユンモ》は、窓を叩く強風のすきま風にあおられて机の上の原稿用紙が飛び散ったあと、やっと気持ちを取りもどした。

「えぇーい！」

彼はぼやきながら原稿用紙を拾い集めた。しかしそれは、窓から入りこむ突風へのぼやきではなかった。書かなくてはならない原稿は一行も書けず、にわかに思い出して〝レンガの家〟の周りをうろついて帰ってきた自分の思いに対する不満であった。原稿執筆の足元に火のついた今、なぜ自分の思いが、ちまたの〝レンガの家〟の由来ごときに振り回されているのかがわからないほどだった。拾いあげた原稿用紙の表紙には、『生産正常化に向かったK味噌・醤油工場』というタイトルが虚しく書かれているだけであった。

許潤模《ホユンモ》は手にしていた万年筆を原稿用紙の上に投げ捨てるように置いた。そして、顔を両手で撫で下ろした。「ちっ」と乾いた唇が鳴った。文章を書くことがこれほど行き詰まってしまう。なのに、どうして十年以上もこの仕事に就いてきたのだろうか、と思えた。

そうであるほど、頭の隅から突き上げてくるものがあった。一言の文句も言えない〝レンガの家〟の指示だとはいえ、叩かれて泣くしぐさはできても、どうしてもできないこともあるではないかと思えるのであった。

カエルが跳ねるような間隔でしか供給されていなかった味噌・醤油が、完全に中断されて三ヶ月近くになるというのに、「生産正常化に突入した味噌・醤油工場」を語れというのだから、これこそ妊娠中の胎児をさして、「男児出産！」と大喜びすることと何が変わろうか！

三日前、電話で呼び出され、〝レンガの家〟の獅子頭の責任書記から原稿を頼まれたとき、許潤模はしばらく口を開くことができなかった。「ふん！」と鼻であしらうときの、誰にも共通して表れる表情がいつも決まっている責任書記のサッカーボールのような顔は、その日はいつになく子供のようであった。

「どうして返事がないんだ。ハッハッハ。味噌・醤油工場のタンクのように口をつぐんでしまって……」

責任書記は、顔とつりあった大きな両肩の間に食いこんだ太い首から搾り出す、ガラガラとした一際目立つ声でいやみを言った。

「わが市の味噌・醤油の問題が、道全体の批判にさらされていることは事実だ。もちろん一部の幹部の無責任な仕事のためだ。でも、すぐに工場のタンクが開くんだから。うん。記者も心おきなくペンを執ることだよ。黙って『はい！　原稿を書きます』と言えばいいんだ。ワッハッハ……」

しかし冗談は終わったとばかりに笑いをとめ、責任書記の顔には「ふん！」というようなな、あの本来の表情が再び顔を覆った。

「原稿は、今月中に道の新聞に渡したらいいんだ。わかるかね?」

許潤模はその日、責任書記室からそのまま味噌・醤油工場を訪ねた。棒切れに服を着せたようにやせ細り、それで大きな禿頭もどこか虚しく見える支配人が許潤模を迎えてくれた。

「はい、はい。事実です。今、発酵工程に入りました。原資材のことですか?　それはもう、市党委員会で支援をしてくれましたので、ドングリならドングリ、飼料トウモロコシなら飼料トウモロコシというように、工場ごとに収穫したものが三十トン余りにもなります。味噌をつくれば一ヶ月の供給は十分ですよ」
実情はこうであった。一年ではなく一ヶ月の供給量を、それも味噌の味をすでに忘れて久しい人々の前に、許潤模《ホユンモ》は味噌・醤油工場の生産正常化というホラをぶち上げなくてはならなかったのだった。振り返ってみると、このような嘘八百を書くのははじめてではなかった。少なくない読者が許潤模という名前のかわりに、ホ・デポ（＝許《ホ》・ホラ吹き）と呼ぶのは根拠のない話ではなかった。

許潤模は保温瓶の蓋を開けて瓶を傾けた。中味は酒だった。許潤模にはいつからともなく、このように嘘の記事を書くときには酒瓶を傾ける悪習がついていた。

「潤模、いるか!?」

外から誰かがドアをドンドンと叩き続けた。許潤模が保温瓶の蓋を置くよりも早く、市病院の診療科医である宋明根《ソンミョングン》が飛びこんできた。宋明根は、幼い頃には一緒にキビガラの馬に乗り、中学時代には化学実験などでいつも同じグループにいた竹馬の友だった。許潤模がゴツゴツした容姿だとすると、宋明根はすっきりと整った容貌であったが、二人は幼い頃のように、今も心が通じる間柄であった。

「どうしたんだ、いったい」

許潤模は青ざめた顔に汗までだらだらと流しながら飛びこんできた宋明根を驚いたよう

に見上げながら、椅子から立ち上がった。

「潤模！　ちょっと助けてくれ！　少し前だが母方の叔父が捕まったんだ」

「なんだって？　あの味噌・醤油工場の技師長が？」

「原料基地で埃と汗にまみれて働く人を現場で逮捕していったんだ。どうしたらいいんだ。おい……」

「すこし落ちついて話せよ！　理由はなんだ？」

「職務怠慢だとよ。職務怠慢？　君！　うちの叔父がそんな人かね。お前は以前叔父についての記事を書いたこともあったし、叔父の人となりもよく知ってるじゃないか。どうか助けてくれよ」

宋明根は、あまりにも突然のことで動揺している様子だった。口角泡《こうかくあわ》を飛ばしながら足をがたがたと震わせているのを見ると、今にも何かを引き起こしそうな様子だった。許潤模は急いで台所に行き、水を一杯汲んできた。

「さぁ。飲め。そして座って話せ！」

許潤模はタバコとライターを取りだした。そんな間にも許潤模の目の前には、度数の強いメガネ越しに両目がいつも腫れぼったく見える、味噌・醤油工場の技師長・高仁植《コインシク》の虚弱な姿が、浮かんでくるのであった。

（二）

許潤模《ホユンモ》が高仁植《コインシク》をはじめて知ったのは、三年前のちょうど今ごろ。八月のある日であった。その日も宋明根《ソンミョングン》が、高仁植のことで許潤模を訪ねてきていた。叔父といっても母方の叔母の夫であり、血の繋がりはなく、他人ともいえる間柄である。でも、宋明根の場合は、そうではなかった。平壌《ピョンヤン》医科大学在学当時、宋明根がひもじい思いの寄宿舎生活や、母子家庭で母親一人に育てられても寂しい思いをせずに学業に専念できたのは、すべて高仁植のおかげだった。宋明根が大学で野遊会などがある前の日には、退勤時に決まって弁当の食材を買いこんでやってくる高仁植であった。彼は黙ったまま度数の強いメガネ越しににこっと笑みを浮かべながら、さげてきた包み、それは妻がそのたびに持たせてくれたものだが、それを微笑みとともにそっと渡してくれるのであった。その微笑みこそいつも彼の言葉のすべてであった。

そのように寡黙なまでに心やさしく人情味のある人だった。そんな高仁植でなかったならば、甥っ子に対する妻の愛と同情心がどれだけ大きいにしても、宋明根をあれほど家族同様には思ってはくれなかったことだろう。大学では食料工学を専攻し、軽工業委員会の一技術部門を担当していたので生活にも余裕があった。しかし暮らしが充分だからといって誰もが人情深い人になれるとは限らない。高仁植は、細やかな情は示せないきらいはあったが、深く大きい父親のような愛情で、宋明根の大学生活のすべてを隅々まで気使い、後ろ盾になってくれたのである。

宋明根が大学を卒業し、故郷へ配置されてちょうど三年目にN市でその恩人と再会しようとは誰が知ろうか！　六・二五戦乱（朝鮮戦争）のとき、爆死したとばかり思っていた義兄（妻の兄）が越南（韓国へ渡ること）したとわかってからは、高仁植には〝経歴偽装〟というレッテルが貼られるようになった。そして、〝革命化〟（革命的に働き、学び、生活すること）のために下放されたところがまさにこのN市だったのだ。

こうしてはじまったN市での高仁植の生きざまとは、〝人情深い人は涙も多い〟という言葉を思わせるものであった。食料工学部門の権威ある技術のおかげで、味噌・醤油工場の技師長という地位をもらうことはできたが、彼の生活の前途は茨の道だった。

叔母は、宋明根の膝に抱かれて目を閉じた。平壌から下ってきたとき、すでに唇が白くかぶれ、骨と皮ばかりに痩せさらばえていた叔母が、二年後にはこれといった病気もなしに息をひき取ってしまったのだ。

「私の兄のため、あなたまでもこんなことになってしまったけど、どうか立派に仕事をして、もとの職責にもどってください……」

これが、二人の子供の手を握り、夫への謝罪の気持ちのこもったまなざしで、彼女が残した最後の言葉であった。

主婦が先立つと、残された子供以上に不便になるのが世帯主である。中学校を卒業したばかりの娘が、父親と一緒に味噌・醤油工場で実験工として働きながら、家事と弟の面倒までもみなくてはならなかった。幼い娘の苦労はもちろん大きかったが、工場の技術指導をしながら党から提起された原料基地建設の責任者として、山中の生活を始めた高仁植《コインシク》の気疲れと苦痛は、それよりもはるかに大きかった。

高仁植は生まれてはじめて作業着を自分の手で洗いもした。山小屋(山中の畑を耕す人や猟師たちが臨時に居住する小屋)の縁側で靴下の繕いもした。もっとも原料基地建設に動員された人々に対する〝特恵〟がなくもなかった。罪を犯した人でなくては無人の山中の掘っ立て小屋で、やもめ暮らしの開墾をする人がどこにいるだろうか! 施された特恵なるものは、本作業に支障をきたさない条件での四百坪までの個人の畑作りを許すというものであった。

「もちろん、責任者にも特恵があるだろうよ」

と、そのとき開墾の仕事を言い渡した高仁植に、市党の責任書記は言った。

「しかし、それがどんな特恵なのかは、君が推測して仕事することさ」

本来の職責に戻ることもあるし、寛大にまかされた味噌・醤油工場の技師長の地位をあけわたすこともある、という重圧を感じさせるような暗示でもあった。しかし、そのような暗示がなくとも、高仁植は責任書記が自分から受け取ろうとしているものがなんなのかを、すでにその前から汲み取っていた。

どんな幹部たちからもありがたがられない〝山へ行く〟こと。それほど過酷な労働環境だということだ。しかしそれを知りつつ自分から「山行き」を求めようとしていることは明らかであった。

原料基地での高仁植は、とにかく仕事に没頭した。技術指導のために山から工場に時々下りてきたときには、宋明根《ソンミョングン》は彼に会った。もう叔母もいないし、子供たちのことを考えて体に気をつけながら働いてほしいと言うと、高仁植は、まさにその子供たちの将来のためにももっと仕事をしなくてはならないんだと、用務を終えるとまっすぐに山へ帰っていくのであった。

このように三年間、畑を掘りおこして耕作し、とうとう数十町歩の原料基地をつくりあげた。そのうえ、粘り強い技術指導でもって味噌・醤油工場の一部の工程を改善し、質のいい味噌と醤油をふんだんに生産しはじめた。人々の口から、わが市の味噌も平壌《ピョンヤン》の味に負けないという言葉が飛び交いはじめた。それは、人知れぬ苦悩の中で働いてきた高仁植《コインシク》の血と汗に対する賛辞でもあった。

三年前のあの日の高仁植について、宋明根《ソンミョングン》はこんなことを話しながら、許潤模《ホユンモ》を訪ねてきた自分の素直な心情を率直にぶちまけた。

「……可能なら紹介記事のようなものでも書いて新聞に出してくれよ。疲れきっている叔父の身の上に、少しでも力になってほしいんだ」

その日、宋明根の話から知りえた高仁植の人間像は、許潤模の記者という職業意識を呼びおこした。わが市の味噌の味が平壌《ピョンヤン》のそれに劣らないとの話は、許潤模にとってもそのまま聞き流せない話だった。

許潤模は高仁植を取材することに決めた。彼はその取材の第一歩を高仁植の家庭にした。短くない記者生活の経験によると、すべての人間の真価は職場よりも彼らの家庭生活の中にこそある場合が多かったからである。

許潤模の経験と判断はやはり正しかった。許潤模は家庭取材を通して、〝特恵〟を期待する前に自分の仕事に真心をこめていく高仁植を、今さらのように見直していた。許潤模は留守宅訪問を避けるために、昼時に彼の家を訪ねた。味噌・醤油工場の裏の丘にある高仁植の家は、蛇が通り過ぎた跡のように前後に腹を突き出したような萩や笹で編んだ垣根に、ところどころビニールを被せ、その上に石を載せた倉庫の屋根など、一目で男手だけの、注意が行き届かない家だということがわかった。

ちょうど、十歳前後にみえる制服姿の男の子が、前庭のくぐり戸で遊んでいた。しかし近づいてみると、その子は遊んでいるのではなく、くぐり戸の左側にさび付いている針金を抜くことができず、うんうん唸っている真っ最中であった。この子が高仁植技師長の一人息子で末っ子の恵明《ヘミョン》なんだと思いながら、許潤模が言葉をかけようとすると、「父ちゃんは家にいないよ」と、その子が先手をうった。必要のない話で自分の仕事を遅らせないでほしい、というような話しぶりだった。

「お姉ちゃんもいないのかね？」

許潤模は、高仁植が山にいることを知らない振りをした。

「うちでは、朝みんな弁当を持って出かけるんだ。姉ちゃんも僕も」

「じゃあ君は、今日どうして家にいるんだ」

少年はしばらくもじもじとした。

「ほー。答えられないんだ」

許潤模が皮肉った。

「それは……、今朝、姉ちゃんが、これを直そうとして手から血が出て、泣きながら工場へ行ったからさ」

「お姉ちゃんが！　それでお姉ちゃんが夜、戻るまでに直しておこうと、君がこうして学校の昼休みに？　そうだったのか」

少年は答えるかわりに急にうなだれ、目をしきりにぱちくりさせた。今まで針金にどれだけ取りくんだのか、道具を握ったワラビのような両手は赤サビで汚れていた。許潤模《ホユンモ》の胸は突き刺されるように痛んだ。しかし、少年の涙を誘ってはいけないと思い、わざと嬉しそうに聞いてみた。

「どれどれ。この蝶つがいがそんなに手間がかかるのか？　その工具をこっちに貸してみな」

許潤模は工具の取っ手を蝶つがいと柱の間にぐっと押しこみ、ぐぐっと音が出るほど引き抜きながら、それに拍子を合わせるようにとぎれとぎれに言葉を発した。

「ところでだよ。この家では、父親のいない家のように、子供たちにまでこんなことをさせるのかね？」

蝶つがいがぴょんと抜け落ちた。

「やったあ！」

自分があんなに苦労しても出てこなかったものが、毛抜きの先からトゲが抜けるようにいとも簡単に抜けるのを見て、少年は顔色をいっぺんにほころばせた。

「うちの父ちゃんは、原料基地のことしか頭にないんだよ」

「なんで？　何かあったのかい？」

「こないだの保護者会のときも、先生に手紙だけ送ってきて、今度もまた人づての手紙だけなんだから」

「今度もまた？」

「母ちゃんの法事だよ」

と、言いながら急に唇を噛みしめる少年の両目からは、涙がポロポロと落ちはじめた。

許潤模はあわてた。

「さあ、さあ。これをちょっと持って。こちらの戸にあるのも取らなくちゃ。どっこい！こいつはこうしなくちゃ……」

許潤模は日ごろはしない、はしゃぐような仕草をした。それは、少年の涙を止めるためだけではなかった。今にも両目から熱いものが溢れ出ようとする、自分の胸をもなだめるためであった。幸いにも少年が笑えることがおきた。

許潤模がさっきのものと同じだと思って、ぐっと力を入れたので蝶つがいがぶすっと抜けた。その拍子にばったりと尻餅をついてしまったのだ。すると少年は、まだ涙を目に残しながらもアハハハと笑いだした。ついで、いつ泣いたと言わんがばかりに口を開いた。

「あのー、記者のおじさん。猪ってヤツは本当に一晩のうちに大きな畑も全滅させるの？」

「君。今、僕に記者のおじさんと言ったかい？」

許潤模《ホユンモ》は驚いた。

「はじめから知ってたよ。うちの父ちゃんに会いに来たんだよね」

「僕が記者ということをどうして知ってたんだい？」

「こないだの始業式のときに、みんなが学校の門に入るのを写真に撮ってたでしょう。新聞に載せるための……」

「ああ、そうだったね。で、猪とはまたどうしたの？」

「うん。うちの父ちゃんが猪のおかげで、母ちゃんの法事にも来られないと書いてきたからだよ」

「そうそう、猪のヤツはいつも群れで動くので、たった一晩でも多くの穀物畑を荒らしてしまうんだ」

「わあ、やっぱりそうだったんだね」

「でもさ、僕だったら君たちに会いたいときは、時々は山を下りてくるだろうが、君の父さんはそうではなさそうだね」

「ちぇ。おじさんだってそうするさ、仕事が忙しかったら……。でも、うちの父ちゃんは本当にいい父ちゃんだよ。僕らに会いたくても、母ちゃんの法事に来たくても、がまんして来ないんだから。父ちゃんは毎朝顔を洗いに出かけると、泉の中にゆらゆらと僕や姉ちゃんの顔が浮かぶんだと書いてきたよ。手紙に」

「それで？」

　許潤模の声は震えた。

「そしてその手紙を持ってきたおじさんに預けて、山イチゴやキノコをこんなにたくさん送ってくるんだよ。姉ちゃんはその山イチゴやキノコを全部母ちゃんの法事のお供えにするんだって」

　許潤模は首をめぐらした。額の汗を拭くふりをして、そっと涙を拭った。許潤模はその日、くぐり戸に蝶つがいまでもつけてあげての帰りに、何回も何回も高仁植《コインシク》の家を振り返った。

　ひと盛りのご飯さえも自分の手で供えることのできない亡き妻の法事のことを思いながら、一本二本とキノコを採り、幼い子たちの涙を癒そうとトゲの痛さも忘れて山イチゴを摘んだその痛い息づかいがこもっているあの家。前後に腹をつきだした垣根と雨漏りのする倉庫屋根。家主がどこに心血を注いでいるかをはっきりと知らせてくれる高仁植の家であった。法事の夜、山中から真心をこめて妻の冥福を祈り、ホーホーと猪を追っている高《コ》仁植《インシク》の涙ぐんだ声までもが、耳元に切々と聞こえてくるようであった。

許潤模《ホユンモ》は、高仁植についての記事を、一瀉千里の勢いで今すぐにでも書きあげる自信があった。原料基地についての一般資料は、他の取材の中ですでに頭に入れていた。取材を通して高仁植の人間味に魅惑されはじめた許潤模の心臓は、彼の体臭を感じられるほど燃えていたのだ。

許潤模は、その日の正午のかんかん照りの陽射しも気にせず、市内から十里（四キロ）も離れた原料基地に向って足を速めた。

（三）

原料基地十里の道は、岩にロープを巻きつけたようにぐるぐると回っていて、頂上まで登ってみると、市内が井戸の中のように明るく見渡せた。

薄暗い樹林が一直線に進んでふと途絶えると、牛の背中のようにゆるやかな下りの山肌に、どこまでも続く開墾地が細長く横たわっていた。区画ごとに大豆やトウモロコシ、ジャガイモ等が植えられた開墾地の下は、上手の樹林とほとんど平行した断崖絶壁であった。その下を黒々とした渓谷が口を開けていた。こんな山奥に羨ましいほどの穀物畑があることが不思議に思われた。山間部での開墾のため、ここではみな火田（焼き畑）農業が行われた。そのために原料基地とはまさに火田という言葉の代名詞になっていた。原料基地にはまだ初々しさが残っていた。畝と畝の間には、恐竜の骨のような木の根っ子や、掘りおこした岩や燃え残った根っ子など……。牛車以外の機械類は、元もと引き上げることもできないところだから、たった三頭の牡牛と三十人前後の人力で、こんなとてつもないことをしでかしたのだ。あらためて、その木の根っ子や石ころ、そして岩などを眺めた。四百坪までの個人耕作を許すとの〝特恵〟だけでは、スズメの足の血ほどの補償にもならないのではないかと思ったりした。

人々の住居は比較的安全なジャガイモ畑の奥にあった。丸太の枠組みに垂木を置いた上に木の皮を葺き、土をかぶせただけの背の低い丸木小屋だった。許潤模は庭に立ってしばらく小屋の中の動静をさぐるようにしていたが、半開きの脇戸の中へと足を踏み入れた。その瞬間、待ってましたとばかりに裂けるような女の悲鳴があがった。

続いてまた、別の悲鳴が聞こえた。許潤模はびっくりして、その場に立ちすくんだ。瞬間、彼の口から「うわっ」という声がはじけた。まだらな一匹の青大将が、太いロープのようにのろのろとかまどから出てきて、許潤模の足下にばさっと落ちた。しかし、許潤模よりもっと驚いたのは、働きに出た人々の夕飯つくりをしていて、火バサミで青大将をつかみ、放り出した二人のシンモ（食母。飯炊きの女人）たちだった。
「どうしましょう！　よりによって、こんなときに……」
「まぁ！　記者先生ではありませんか？　これはまたどうしたことで……」
シンモたちは、いくら頭を下げても謝りきれないとでも言わんばかりに、恐れいってい
た。許潤模《ホユンモ》は庭隅のハシバミの茂みに消えていった蛇に目をやりながら「ホゥー。ハッハッ
ハ」と、寝ぼけたような笑い声をあげた。
「どうか怒らないでくださいね。記者先生ははじめてでしょうが、ここではよくあること
ですから」
「怒るだって、私が？　印象はきついほど忘れないと言うじゃないですか」
許潤模は笑ってはみたが、まだ胸がどきどきしているのを感じながら、ズボンのポケッ
トからタバコを取りだした。
「まだ、外は暑いから。早く奥の部屋にお上がりください」
特派記者だということを知っていた太ったシンモが、奥の部屋のドアを開けながら言っ
た。
「おかまいなく。私はまず責任者さんに会わなくちゃならないので」
許潤模は遠慮した。

「午後からはみんな野草摘みに出ましたよ。午前中は豆畑の最後の草取りをしました。この山奥でも山菜を摘んで食べてるんですよ」

「責任者も、そんなことまでしなくてはならんのですか?」

「えぇ。誰か止める人でもいるんですか……。責任者さんは、いつも先を走る性分でして。さあ、早くお座りください」

　許潤模はシンモの誠意を無視はできず、腰をかがめて奥の部屋の敷居をまたいだ。強い印象を残すものは、蛇だけではないとの思いが突然わいてきた。

　中国の家のように部屋に入るときは靴を脱いで座れるようになっている部屋は、洞窟のように狭く長かった。壁の下には何か黒っぽい木の塊がずらりと広がっていた。許潤模はしばらく考えて、ようやくそれが木枕であることがわかった。両の壁にほとんど隙間なく掛かっているリュックも、やはり印象深かった。各自のタンスであり、生活必需品箱であり、生活のすべてであるそれらのリュックは、色も形もさまざまで、いっそう異彩を放っていた。

　台所兼シンモたちの宿舎のような下の部屋に通じる配膳所には、それでも、まだらに薄く染められた白い仕切りカーテンが掛かっていた。タバコのヤニの臭いと、男の臭いがぷんぷんとにおってきた。

許潤模《ホユンモ》は靴を脱がず、足を組んで部屋の隅に腰を下ろした。彼の頭には意味のない考えが浮かんだ。はたして、あの中のどれが高仁植《コインシク》の枕でありリュックだろうかと思うのであった。いや、彼のものはここにはありそうにはなかった。下放前の職場のように季節ごとに冷暖房器が回り、南方の鉢植えの花の匂いが香る部屋の匂いがいまだにそのままに浸みこんでいるであろう彼の生活必需品が、今目の前の石器時代の居住地を思い起こさせるようなこんなところにあろうはずがないではないか！

許潤模は吸っていたタバコが消える前に部屋から出ていった。外は暑いが、むしろそうしたかったのだ。

山菜摘みに出ていた人々は、八月の火のような太陽が西の樹林に落ちる頃になって、一人二人と山から下りてきた。部屋から出て開墾地のあちこちを散策していた許潤模は、実りはじめたトウモロコシ畑の前で、山菜の包みを背負って下りてくる高仁植に出会った。宋明根《ソンミョングン》を通して、すでに旧知の間柄のような気分になっていた許潤模の自己紹介が終わると、二人はたがいに握手を交わした。高仁植の手は、すでに軽工業部門の事務員だったという白く整った手でもなく、味噌・醬油工場の技師長の手でもなかった。ところどころに血のかさぶたのある、節々がごつごつとした木の根のような手であった。

高仁植は許潤模の手を離すと、習慣のようにメガネをはずし作業服の袖で拭きはじめた。

その瞬間、彼の作業服の真ん中のボタンがわりにくくられた赤い銅線が、許潤模の目に飛びこんできた。それも細いものがなかったのか、ずいぶんと太いものだった。

後日、高仁植を思い出すときには、許潤模の頭の中にまず浮かんでくるのがその銅線のボタンだった。

「持ちましょう」

メガネを拭き、山菜の袋を再び背負おうとする高仁植に許潤模が言った。

「いいですよ」

と、言いながらも高仁植は拒まなかった。許潤模は山菜袋の一つをぶらさげ、わざとゆっくりと歩きながらあれこれと話を引きだしはじめた。

高仁植の一言を聞きだすために、許潤模は多くの話をしなくてはならなかった。宋明根から聞いたように、本当にとても寡黙な人だった。彼の話のすべてだといわれる目元笑いも、今やすっかり涸れてしまったようだった。許潤模は少し苛立ちを感じたが、生木を削るようにうまくいかないのがまさに取材であった。

一日中真夏の暑さの中で働いてきた人の取材だからなおさらだった。基本的な話は、夜の時間に譲るしかなかった。だが、夜の時間も許潤模はまた空鉄砲だった。木の枕を敷いて向かい合って寝た高仁植《コインシク》は、最初は二言三言応対してくれていたようだが、すぐさま耳がはじけそうなイビキをかきはじめたのだ。

許潤模《ホユンモ》は一晩中眠れなかった。ゴウゴウ、ガアガアと響くイビキだけが原因ではなかった。戸を開けてはいたが、部屋の空気は息が詰まりそうに濁り、汚れていた。低くて狭い部屋に三十人あまりが寝ているのだから、そうなるのも仕方なかった。疲れきった寝言の声、カリカリと歯ぎしりする音……。高仁植は時々身体をずらしながら、骨が砕けるような呻き声を出しながらも、またすぐにイビキをかくのであった。許潤模は眠りを求め、寝返りをくり返したが、目の前には幻想ばかりが浮かぶのだった。

「記者先生にははじめてでしょうが、ここではしょっちゅうですよ」と言っていた、あのシンモの声が突然聞こえてきて、昼に見た青大将が足元に這っているようにも思われた。どこからともなく軒下に来て鳴くふくろうの鳴き声が胸をゆすった。許潤模はとうとう寝床を離れ、外に出た。にぎやかな草虫の声が月の光をゆすっていた。

許潤模は足のおもむくままに周辺を歩きまわった。全身が露にどっぷりと濡れるまで歩いてみると、ジャガイモ畑の下の方に泉が現われた。静かに揺れる水面に腹をすかせた白い月が哀れっぽく浮かんでいた。高仁植が朝に夕に、二人のわが子の面影を見ていたという泉が、まさにこの泉なんだという思いがせまってきた。高仁植が見たのは子供の面影だけだったろうか！　お願いだから立派に仕事をこなし、子供たちのためにも元の職責に戻ってくださいと言った妻の面影をも、朝夕この泉の上に描いたのではなかろうか！

許潤模は夜が明けるまで、泉のほとりにそのままぼんやりと座っていた。そんなとき、口に歯ブラシをくわえ、泉に一番先に現われたのが高仁植だった。彼は、許潤模の内心を知るよしもなく、寝床が悪いからこんなに早く起きてきたんだろうと、大変すまなさそうな顔色を浮かべた。

「寝床が不自由なんて……。こんなに空気のいいところで」

許潤模は喜んだ顔つきでこたえた。高仁植と静かに対話できる機会が、自然につくられたことがとても嬉しかったからであった。許潤模が十里の山道を一息で登ってきたのは、たんにここの生活や農業の状況などを知るためだけではなかった。苦心惨憺の高仁植の玉の汗が何ゆえなのか。自分の〝特恵〟だけのものなのか、道内の人民の味噌・醤油問題の解決のためなのかを明確に引きだし、高仁植という人間の真の姿をより深く確認しようというのが、このたびの取材の基本目標だった。だのに許潤模は、今まだ高仁植の胸のうちのカケラすらも掘りだしてはいないありさまだった。

もう少し様子を見るような時間はなかった。力技ではあるがここらで痛いところを衝いてみるしかなかった。高仁植はすでに歯磨きを終え、泉から流れ出る水辺にかがみ、顔を洗っていた。

許潤模《ホユンモ》はただちに高仁植《コインシク》の横に座り、水の中へ両手をひたした。

「おぉー、冷たい」

彼はわざと驚いたような声をあげ、高仁植の方を眺めた。

「どうですか？　ここの水は？　平壌《ピョンヤン》の大同江の水よりうんと冷たいでしょう」

「そのかわりに、とても澄んでますよ」

高仁植は自分の簡単明瞭な答えに補充でもするように、何かぶつぶつと話していたが、いつの間にか立ち上がり腰から手ぬぐいを持ちかえていた。

許潤模は口をつぐんでいたが、また開いた。

「ところでですね。ここでこのように生きていてですね。平壌にいたときのことが思い出されることはありませんか？」

許潤模は高仁植のあとについて水辺から立ち上がり、タオルを出してわざと笑いまじりで言った。

「それよりも、私は野良仕事を知らないので、ただただここのことだけが心配です」

「もちろんそうでしょう。市内の味噌・醤油の問題を、解決なさるために来られたのですね」

「いいえ。そんなことではないんですが……」

「でもですね。宋明根《ソンミョングン》君の話によると、技師長さんがここへ来られたとき、つまりその……、責任書記から何か〝特恵〟について話があったと……。それについて何か考えるところはありませんでしたか？」

許潤模は、あまりに直截な質問ではなかったかと思い、高仁植の反応を横目でうかがっていた。しかし、彼の温和な表情にはなんの変化もなかった。

「あの人が、そんなことを……」

「いいえ、違います。それは彼ではなく、私のせいです。記者という者は、人の前ではどんなことでも聞いてみないではいられないものですから」

「いいえ、そういうことではないんです。私も仕事しか知らない機械ではないのですから、特恵をもらって昔の職責に戻りたいとの考えがないとは言えないでしょう。ただ私にはそんなことはできないだけですよ」

沈黙が流れた。一筋の朝明けの風がどこからか野花の香りを運んできた。許潤模は自分があんなにも苦心して訊ねた質問に比べ、水道の水のように流れる高仁植の答えの前で顔が熱くなるのだった。このような人が、本音とは違う目的を持って、うわべだけの汗を流すとは夢にも思えなかった。もしも高仁植の仕事に捧げてきた誠実性が私心から出たものであったとしたら、彼の手が節くれ立った指にはなっていなかっただろうし、彼の家の門の蝶つがいが幼い子たちを泣かしたりはしなかったであろう。

東方の樹林の上の、霧のような雲の中から、鮮やかな朝の太陽が顔を出していた。許潤《ホユン》模《モ》はその日、原料基地から下りてくると、たやすく原稿を書き上げた。だが、原稿は市党委員会の審査会でボツになった。特派記者の原稿は新聞社はもちろんのこと、地方の党からもそのつど検閲を受けなくてはならなかった。

「わが国で党の領導をはなれた個人の成果などありえようか！　ええ？　どだい記者に党性がないということだよ」

責任書記がこう言うのには、明白な意図があった。それは、成果を上げはじめた原料基地の業績配分と関連していた。市党委員会の取り分を龍の頭ほどに大きくする一方で、高《コ》仁植《インシク》の取り分は、ドジョウの尻尾ほどに小さくする魂胆に違いなかった。

許潤模は原稿を捨ててしまおうとも考えた。しかし、そうするには高仁植の、あの銅線のボタンがあまりにも涙ぐましかった。許潤模は、たとえ社の指示でやむなく書いたもので、龍頭蛇尾に終わる原稿であっても、新聞社に送るしかなかった。記者になった自分の職業を恨み、自らに罵詈雑言を浴びせながら……。

(四)

道の『○○日報』に、高仁植の記事が載ったときから一年が過ぎた昨年の晩秋のある日のことだった。その日、許潤模は、あの豊かな茂みを忘れたかのように木の枝だけが痩せさらばえた山林の風景に視線をとられながら、原料基地へ再び足をはこんでいた。もちろん今度も高仁植に会うために。

前日、許潤模は市内の食料店の前を通りすぎながら、二人の主婦が交わす話に足を止めた。それは、米の配給が毎月のように減っていく時節に、味噌・醤油まで止めるのだからどうしたらいいんだとの泣き言に過ぎない話だったが、許潤模にはそのまま聞き流せなかった。自分が書いた記事だけではなく、取材した個別の人物や事業体について、いつも責任を感じているのが記者生活というものであった。だが、高仁植が原料基地へ来てからの二〜三年間、質の上でも量的にも完全無欠なまでに解決していた味噌・醤油問題が、最近になってしばしば供給不良に陥っていたが、とうとう供給が止まるかもしれない状況に立ちいたったのであった。

日々悪化する国の食糧事情のため、もらっていた原材料が大幅に減らされた上に、年々頻繁にやってくる暴雨の被害で、生産量が急激に落ちこんだことに原因があるということぐらいは、許潤模《ホユンモ》もすでに承知していた。しかし実際に住民からの不満までも直接耳にすると、これ以上傍観しているわけにもいかず、再び原料基地訪問を決心したのであった。

何よりも高仁植《コインシク》のその間の生活が心配だった。主婦のいない家庭をどのように営み、自らはまたどのように生きているのだろうか？　今年も梅雨の被害で、原料基地の相当な面積を流出させたというが、味噌・醤油工場の生産が袋小路に入りこんだ今、原材料を提供できなくなった彼の苦衷はどんなものであったろうか？

開墾地が近づくほどに許潤模の歩みは速くなった。人々が秋の鳥とよぶカササギがグミの木の実をついばもうとして、道端の茂みでバタバタしていた。現場までの道のりがどれほどかと思って振り返ると、川の砂場のような谷が見えた。前方には開墾地の畑の端が樹林の間に見えた。数年前には見られなかった細い溝が、登り道に沿ってあちこちに広がっていた。豪雨が開墾地の畑をこのように荒らしてしまったのだと思いながら、許潤模がそんな小川の一つを跳び越えているときだった。道に続く白樺林の中から、ガサガサと落葉を踏む音が聞こえてきた。続いて山葡萄の茂みをかき分けながら突然一人の男が現われた。続いて一人、そしてまた一人……。

一行は、全員が重たそうなリュックを背負っていた。

「あれ！　記者先生じゃないですか？」

突然一行の中の登山帽をかぶった青年が叫んだ。

「責任者アバイ（アバイは男の老人の敬称）！　早く早く。記者先生ですよ」

「なんだって？」

という声が林の中から聞こえてきた。一行はみな原料基地の人たちだった。許潤模は、高仁植はもちろんのこと、二年前のあの顔なじみの人々ひとりひとりと嬉しい挨拶を交わした。

「責任者アバイ。ここらで少し休んでいきませんか？」

ズボンに紺のゲートルを巻いた青年の穏やかな声だった。

「そうしようか」

高仁植が拳で額の汗を拭きながら、一行を見渡した。みんなが、そうだと言わんがばかりにリュックを背負ったままばたばたと座りこんだ。許潤模も高仁植の重そうな荷物を下ろしながら、霜にあたった何本かの野菊の間に並んで座った。高仁植の汗べったりの背とかたわらのリュックから、むんむんとしたにおいが鼻をついた。

許潤模は、そのときはじめて高仁植を間近でながめた。彼の変貌した姿に内心驚きを禁じえなかった。特徴のある度の強いメガネをしていなければ、そばにいても本当にわからないほどに変わってしまった姿だった。真っ黒に焼けた顔にほとんどが白髪まじりの頭だった。黒々としていた頭がたったの二年間でこんなに白くなったことが信じられないほどだった。

許潤模《ホユンモ》の視線は、知らず知らずに高仁植《コインシク》の作業服のボタンを追っていた。もちろん二年前のその作業服ではなかったが、三つの黒いボタンの真ん中の一つが白いボタンだった。許潤模は、田舎のおじいさんのようにみすぼらしくなった高仁植の身上が気になり、しばらくは言葉がかけられなかった。ちょうどそんなとき、誰かがこちらへ言葉を投げかけてきた。

「おぉ！　それはキノコでは？」

許潤模と四〜五人離れたところにいる、登山帽の青年だった。

「その、タオルに巻かれた横にあるそれのことですよ。記者先生！」

「ああ！　これですか？　そうです、キノコです。霜にうたれてしおれてはいますが、あまりにも見栄えがよくて……、登ってくる途中で……」

「見栄えがよいですって？　捨てなさい、捨てなさい」

「え？　じゃあ食べられないキノコですか。これは？」

「食べられないどころか……そうだ、横にいる人たち、ちょっと話してあげなさいよ。みんなが体験したあの恐ろしい出来事を。責任者アバイは、話を山ほど聞いていても喋らないんですから」

「あの恐ろしい出来事って、いったいなんですか？」

高仁植が作業服の袖でメガネを拭きはじめた。

「何かあったんですか？　技師長さん」

「ええ、そうなんです。聞くところによると記者先生はそのとき、出張に出かけてましたね」

「記者先生！　そのキノコのために調理場のシンモ一人が命を失い、私たちみんなも死にそうになったんです。死にそうに……」

まだるっこしい高仁植の説明がたまらないと言わんがばかりに、紺のゲートル青年が、先回りして話してくれた。許潤模は飛び上がらんばかりに驚いた。

「シンモだって？　もしかして、あの太った？」

「そうです。記者先生の足元の青大将をつまんで放り出したあのおばさんですよ」

「本当ですか？　技師長さん！」

「本当です」

高仁植の声は呻き声に近かった。

「交替して新たに入ってきた人がキノコの知識がなかったので、赤いキノコを採ってきて山菜に混ぜたんですよ」

「あのおばさんが死んだと？　赤いキノコなるものは、そんなに恐ろしいものなんですね。では、みなさんは不幸中の幸いとでも……」

許潤模《ホユンモ》はそう言いながら、ばらばらに座っている高仁植《コインシク》の一行を見まわした。

「幸いでした。死にそうなほど患いましたが、なんとか治りました。全滅は免れたのですから」

「そんな体験までされながら、今は何をこうして背負っているんですか？」

「党が〝ドングリ採集課題〟を命じたのです」

「ドングリ課題ですか？」

「今年の生産未達成量をドングリ採集で補えという指示です」

許潤模は黙ってうなずいた。そして再び質問した。

「それで、一日あたり何キロほど拾うんですか？」

「全員が六組に分かれて動き、一人当たり二十キロ程度は拾います」

高仁植の答えに許潤模は一行をもう一度見まわした。山々をどれだけ探し歩いたのか、誰の作業服も生地がけば立っていた。血の固まったかさぶたが人々の手の甲に見えたし、ある人などは顔にまで残っていた。許潤模の表情に現われる同情の色を読んでか、高仁植が自分を責めるように口を開いた。

「すべてが私のせいです。良いお父さんに出会えないと子供たちが苦労するのは当然なことじゃないですか」

「責任者アバイは……ほんと、それが困るんですよ」

　登山帽の青年が反発した。

「なんでも、私のせい私のせいと言う、それがですよ。うちの責任者アバイは。記者先生！責任者アバイは雨に流された開墾地に土を入れようと言うのです。市では原料を持ってこいと言うだけで、助けようとはこれっぽっちもしません。責任者アバイ！　アバイは、豪雨が降ったのもアバイのせいだと言うのですか？　私は、われわれがなぜこのようにドングリ拾いまでしなくてはならないのか、わかりません」

「大夕《テツギ》！　それは私が言ったじゃないか。これは、誰かがさせるのではなく、自分たちの味噌・醤油をつくるように私たち自らがすることだと。だからドングリを拾おうと！」

「そうですね。その通りですね、それは。だったらこの前やってきた、あの党指導員の行動はなんですか？　みんなの前で責任者アバイに対して生徒をあしらうようにして……」

「大夕！」

「記者先生！　率直に話していることを怒らないでください。責任者アバイのその真心に打たれて私らはドングリも採り、土入れもするでしょう。だのに、ここで責任者アバイが死ぬほどに頑張っていることも知らずに、上では……」

　青年は、はっと言葉を切った。

「ふー」

　と、吐きだす許潤模《ホユンモ》の重いため息のためだった。青年はちらちらと許潤模と高仁植《コインシク》の顔色をかわるがわるさぐった。ぐっと結んだ口、ぱちくりさせる目……。青年の行きすぎた言葉が、二人の立場を互いに難しくしたのは間違いなかった。青年はしばらく表情がかたくなった。そして一瞬のうちに態度が一変した。

「えい！　ですが責任者アバイ！　結果は仕事がみなうまくいったときでしょう。そんな意味で、私、歌でも一曲唄いますよ」

　鳥よ、鳥よ。豆の株は
　慈雨の来るのを待ちわびて
　ユスラウメのわが春香は
　李夢龍の来るのを待ちわびて
オルシグ、チョンネ、チョルシグヤ（朝鮮ふうのかけ声）

(訳注：春香は朝鮮王朝時代の代表的な小説『春香伝』のヒロイン。李夢龍はその恋人。科挙に合格した夢龍は暗行御史(国王の密使)となり、乞食に変装して悪政を裁き春香を救いだす)


賑やかな笑い声がはじけた。しかし青年はしらばくれたまま続けた。

「ですが、責任者アバイ！　われらの春香がいるじゃないですか？」

青年は林のどこかで紙包みを取りだして、ふざけた調子を続けた。

「これを持って、今日は下りてくるか、明日は下りてくるかと、首を長くして恋人を待ちわびる、さっきの歌のように」

「あぁ、ほんとに」

と、高仁植は突然、青年の言葉をさえぎった。

「それを、この記者先生にお願いしてはいけないかね？」

「何をですか？」

許潤模が訊ねた。

「猪の胆のう(産後の母体や病弱な人に良いという滋養薬)です。こないだ彼の妻がお産をしました」

高仁植《コインシク》が答えた。

「あぁ！　そう？」と、許潤模《ホユンモ》が青年をみつめた。

「男の子なら、持っていってあげるさ。違うかね……」

「そりゃ、間違いありませんよ。こう見えても〝それ弾〟は撃たない腕前の持ち主なんです。私は」

再びはじける笑い声に驚き、どこかの林の中から一群の山鳥たちが飛び上がった。

「いいですよ、こちらにください」

許潤模が青年の方に手を差し出しながら続けた。

「みなさんがあの開墾地に土を入れこむようになったら、私も色々と応援するつもりでいます。でもそれはこれからのことで。さぁ、その胆のうから先にください。それもみなさんを助けることになるんですから」

「これはありがたい。本当に」

青年が許潤模に近づき、猪の胆のうを渡しながら付け加えた。

「これはあそこの鉄砲撃ちのおじさんから、責任者アバイが手に入れてきてくれたものなんです。間違いなく私の家内にそう伝えてください」

「わかりました。でも家がどこかを教えてくれなくちゃ、どうしようも……」

「私の家は簡単です。あそこに見おろせる、市内の真ん中に見えるでしょう。赤いキノコのような」

「赤いキノコのような？　ええ！」

「はい。赤いキノコのような、あの市党庁舎の裏の家が、私の家なんですよ」

「おい、大夕《テソギ》！」

　高仁植が困ったような表情を見せながら、青年を見上げていた。

「なんですか？」

「お前、なんの話をそんなふうに……」

「ええ？　あっ！　市党の庁舎を赤いキノコにたとえたことをおっしゃってるんですか？」

「他のものにたとえるならいざ知らず、こともあろうにあの恐ろしい赤いキノコに……」

「技師長同志《トンム》も、ここから見るとレンガの家がちょうどそのように見えるのに、何をそんなにうろたえているのですか？」

「たしかにそのように見えるかもしれない。しかしそういうことは言ってはいけない。私もそれで……」

「キック、キック」

　と、どこからともなくカケスの鳴き声が不安げに聞こえてきた。一陣の晩秋の風がひんやりと吹いてきて、高仁植《コインシク》と許潤模《ホユンモ》の間に咲く野菊を揺らした。冷たい霜が降りても変わりなくこの山河を飾る野菊に、遠い山の向こうから厳しい冬が近づいていることを耳打ちでもするかのように……。

(五)

「さあ、先に」

「まず、君から先に空けろよ」

許潤模が押し返した酒の入った保温瓶を宋明根《ソンミョングン》が再び押し返した。二人の間に広げた新聞紙の上には、味噌の皿とキュウリ二切れが置いてあった。宋明根の興奮が少しおさまったようだ。すでに注いだ酒をもとに戻すこともできず、許潤模のすすめから始まった酒盛りだが、保温瓶はすでに何回傾けたかわからない。

「潤模！　ふいごを吹くようにそんなため息ばかりをつかないで、ちょっと話してみな。で、何かいい方法はないのか？　うん？」

「……」

「うーむ！」

宋明根が呻き声を出した。そのとき、もう我慢ならないというかのように許潤模が口を開いた。

「明根！　この前、君が僕に話してくれたことがあるだろう？」

「なんだったっけ。思い出せないが……」

「それが、〝レンガの家〟の者どもとの訴訟だったとしたら、刃を握ったあとでもやめろと言うのかね」

「おぉ。君が息子のことでやってきたとき、僕が言ったことか？　その話をどうして持ち出すんだ？」

「誤解するなよ。僕は君がその日、僕の頼みを聞いてくれなかったというのでこの話を持ち出すんじゃない。何回も言うけど、うちの息子・先徹《ソンチョリ》の大学入試の成績は堂々たる百点満点だった。市党の組織書記（責任書記は党の活動全般の指導者。組織書記はその次の職責）の息子は七二点だったが、それでも最後はどうなったか知ってるか？　金日成総合大学の入学推薦の対象に、うちの子でなく組織書記の息子が行くようになったじゃないか。最近になって、あのときの君の判断がまったく正しかったことがわかったさ。かりにあのとき君が一肌脱いでくれたとしても、くたびれもうけだったということを痛感してるよ。それで君があのとき話した言葉も思い出したってわけさ。で、君は、国家安全部（警察）が、自分とところの決心だけで君の叔父さんを捕まえて行ったと思うかね？」

「それは、もちろん〝レンガの家〟の決心だろうよ」

「よくわかってるじゃないか」

「だからどうしたと言うんだ」

「……」

許潤模《ホユンモ》は、それ以上口を開くことができなかった。すると、宋明根《ソンミョングン》は自分が押し戻した保温瓶の蓋を再び引き寄せると、のけぞってごくごく飲みほして床に投げ捨てた。

「潤模！　あのとき俺が無駄なことをしても、先徹《ソンチョリ》を助けてやれなかったことについて、今日、ぶっちゃけた話があるんだ」

「お前、酔っ払ったのか？　ええ！」

「違う。そんな類の話ではなく、これは君だけに話す俺の告発なんだ」

「！」

「聞いてくれ……。俺は知ってたさ。あの日、君が俺の橋渡しで誰かの力を貸してもらおうとして俺を訪ねてきたことを……。君は俺を通して責任書記の女房の力を借りようとして来たんだったな？　俺があの女の寵愛を受けていたということは、自他ともに認めている事実だったからさ。道内の人々が第二の責任書記と呼ぶ彼女の寵愛を、だ。俺は診療科の医者として、道内の幹部だけでなくその家族たちに対してもただ忠実であっただけなのに、あの女は、うちの女房の就職をはじめ、俺の生活などにいろいろと関心を廻らせてくれるので、俺は寵愛を受ける人になったし、また、外部の人たちも〝正確〟に見ていたことだ。それを知っていたお前だから、責任書記をバックにして、君は組織書記と対決してみようと、俺を訪ねてきたのだった。そうじゃないかね?」

「それで?」

「けど、そのとき俺はすでにあの女の寵愛を失ったあとだということを、君は知らなかったのさ。知らなかったんだよ。汚い話さ」

「そういうことだったのか……」

「そうなんだよ。ある日、退勤時間間際、その〝第二責任書記〟が電話で往診を求めてきたんだ。行ったさ。呼び鈴を押すと女が自分から出てきて、玄関を開け、内鍵を閉めると寝台に入って横になった。俺は責任書記を何回か往診したことがあるが、派手なダブルベットだったさ。俺は少しアワ食ったさ。俺より十歳ほど年上の女だといっても、女一人の寝室に入ってみると、考えが少し変になるものさ。そのうえにだ、女が言うのには、市からの味噌・醤油の供給を打ちきってしまったとの訴えが続くので、亭主が道の党組織に二度目の呼び出しを受けたばかりか、末っ子の息子も軍の野営に出かけたとか、なんだとか、誰もいない家に一人でいることを並べたてるのは、俺に何かを暗示していることに違いなかった」

「ちょっと待て！　味噌・醤油問題で責任書記が道党組織に呼び出された？」

「君は知らんだろうが、そのときは二回目の呼び出しだったさ」

「責任書記が二回も？　そんなことがあったのか……」

「それはそれとして俺の話を聞け。そう、その女の話だ。ともかく俺は自分の義務を果さなくてはならないので往診カバンを開きはじめたさ。女が、急いで来たんだから一服してから診てほしいと、準備していたように高級タバコ一箱をベットの枕もとから取りだし、俺にすすめた。俺はそれを断り問診を始めた。女は昼ごはんのあとから下腹がちくちくしたと言いながら、まだ俺が何も言っていないのにブラウスをさっと脱ぎ、パンティーまでずらしてしまった。それから、ここ、ここと言いながら、肉付きがよくまだ若さを失ってないはち切れそうな乳房と、白い腹のあたりを押さえて見せるのだった。俺は聴診をはじめた。なんの問題もなかったさ。重ねて打診したがやっぱり悪いところはなかった。それで主な臓器をおさえてみたが、そのとき急に女の両手が俺の腕をぐっと掴むのだった。それから『宋先生、宋先生』と息をはずませながら、一方の手で俺の腰に手をまわして引き寄せたんだよ。俺は身体についた毛虫を振り払うように一歩後ろに退いた。するともう露骨に、『どうして？ うちの老いぼれが怖くて？ いいわよ、そんなこと。暇で娘っこの尻ばかり追いまわすあの老いぼれを怖がらなくてもいいのよ。宋先生』と言うんだよ。俺は前後を考える間もなく部屋から飛び出したさ。聴診器を手に持ったままバカッと門を閉めた俺は、そこにぺっとツバを吐かないではいられなかった。動物的なその淫蕩ぶりよりも、自分が〝レンガの家〟の大監様の女房だから、神様の鼻までもしゃくることができると考える傲慢な横柄ぶりが汚ならしくてさ。潤模《ユンモ》！ この汚らわしい話を誰の前にさらけ出せるというんだね。それで俺ひとりで恥を背負っていたそんなとき、君が俺を訪ねてきたということなんだよ。先徹《ソンチョリ》のことで……。その取るに足らない診療科の医者という地位すらも何日かあとには失なわねばならないという、ちょうどそんなときにだよ」

「ハッハハハ。ワッハッハ」

許潤模《ホユンモ》が急に大声で笑いだした。

宋明根《ソンミョングン》が目を丸く見開いた。

「〝レンガの家〟の人間なら、女が男を性の奴隷にできると言うのか？」

「やめろ！ 俺は性の奴隷にはなってないんだから」

「レンガの家！ アイゴー」

許潤模は手で自分の胸をわし掴みにした。

「そんな日に君を訪ねていった俺があまりにも馬鹿だった。あまりにも！」

「そうじゃない。俺が馬鹿げたことだとは知らずに、今こうして君を訪ねてきたとでも言うのか？　本当は胸の中についた、この火を……。この火が消せないんだ……」

宋明根《ソンミョングン》もがんがんと胸を叩いた。

「明根！　落ちつけ！　事はすでに終わってしまったというのに、いつまでもきりもなくこうしていてどうする。さあ！　これを、見てくれ！」

許潤模《ホユンモ》は机の上から、原稿用紙の表紙を見せながら宋明根の目の前に押し出した。

「……？」

「見えないか？　『生産の正常化に突入したK味噌・醤油工場』」

「君、〝ホラ吹き〟というあだなまで付いているのに、こんなでたらめな記事をまだ書いているのか？」

「いや、そうじゃない。味噌・醤油工場の発酵タンクでは今、味噌が発酵しているのは事実さ。〝レンガの家〟がこっそり農場の飼料穀物を味噌・醤油のために提出させたのさ。失敗した味噌・醤油工場の技師長を追放したから、郡内の人民には味噌がワッサワッサと溢れなくちゃならんのだよ。悪いのは党にあるのではなく、一部の幹部にあったのだということを証明しなくてはならんということなんだよ」

「あぁ！　そういう局面だったのか？」

「うん。俺もそれを今悟ったさ。責任書記が道の党組織に二回も呼び出しをくらったとのお前の話を聞いてさ。カラスが飛ぶと梨が落ちるということわざがあるが、今回の君の叔父さんの件はまさにその通りじゃないか！」

「その通りだ。はっきりと！」

「だから、もうどこへ行ってどんなに騒ごうとも、仕方のない話なんだよ。検察署へ？　行政委員会法務課へ？　ふん！　司法、行政、立法までも握っているのが〝レンガの家〟だということを君は知らんとでもいうのか」

「あーぁ！　俺はどうしてこんなものを首に掛けてるんだ？」

宋明根は党員証の収められたカードケースがぶら下っている自分の心臓の辺りをぐっと、握り潰しながら興奮して叫んだ。

「なんで、自ら進んで〝レンガの家〟の召使になるのかということだ！」

「看板に騙されたんだよ。俺のように……。ふところには独裁の刃を握りながら、うわっつらだけで平等とか、民主主義とか、歴史の主人公とか、地上の楽園建設とか、ていのいい、その看板に騙されて……」

「その通りだ。万物は酷いものほど美しい体裁をつくろっているわけさ」

「そう。毒キノコのようにか？　毒キノコのように……」

「アイゴー！　たまらんなぁ。間違ったことが行われているのをを目の前で見ていても、このようにお手上げの状態だから。まったく！」

宋明根《ソンミョングン》はぐぃと両手で上着の裾を引っぱった。ばらばらとボタンが落ちた。許潤模《ホユンモ》も、不意に手錠をはめられ獄中に座っている高仁植《コインシク》の姿が不意に頭に浮かび、その場に立ちあがった。窓のカーテンをちぎれるように開き、安全部の監獄の方を眺める両目から涙がとめどなく流れていた。

夕立を誘う真っ黒な雲が空を覆っていた。風にカーテンが破れそうにはためいていた。

（六）

高仁植に対する公開裁判は、裏山の丘にある公設の運動場で行われた。機関の企業所と住宅区域に散らばっていた群集が、朝からネリン川の橋を渡って運動場へと集まっていた。

十時になると、設けられた首席壇に裁判官たちが出てきて座った。同時に数名の安全員（警官）が首席壇の後ろに待機させていた囚人車の中から、手錠をかけられた高仁植を引っぱってきて演壇の横に立たせた。まもなくして起訴文の朗読が始まった。

＊　＊　＊

寒冷前線の影響で国の食糧事情が悪化している今、味噌・醤油工場の原料基地建設は市全体の問題であったがゆえに、直接に市党委員会が高仁植にその課題を与えた。課題についた初期、高仁植は自分の名前が新聞に載るほどによく働いた。しかし、それは自らの再出発のための虚飾からのものでしかなく、次第に自らの仕事に対する怠慢と無責任な態度が出はじめ、最近は毎年のように降る豪雨に対するなんの対策も立てないで、原料基地三十町歩をほとんど廃墟にしてしまった。そして味噌・醤油工場への原材料の供給を断ち切り、わが人民への味噌・醤油の配給を中断させた。またこの者は、自らが味噌・醤油工場技師長という基本職責を忘却し、原料基地だけの平穏な生活にあけくれ、技術発達をはじめとする味噌・醤油工場の活動全般に極度の不振を招来させた。組織の統制が及ばない山地王国で、だらけるだけだらけてしまったこの者は、部下に対する管理までも怠たるにいたり、同志一名が毒キノコを食べて死ぬ事故が発生した。

看過できないことには、この者は履歴を捏造したため、上から革命化のためにおろされてきた者であり、党の寛大な処遇で重要な職責を任されたならば、高い忠誠心を発揮すべきであるにもかかわらず逆に不満をつのらせ、以上のような罪を犯すことによって、わが党があれほど胸を痛めている人民の食生活に莫大な困難をもたらした。これは、厳重な犯罪行為である。

＊＊＊

だいたい、このようなものが起訴文内容のすべてだった。弁護はなかった。人民生活の安寧を阻害した反革命分子に対する弁護をするのであるならば、それ自体がまさに、この被告人の立場に立つべきものであった。しかし、群集はこの地での弁護士のいない裁判に慣れきっていた。首席壇で座ったまま首だけをまわしながら、裁判長が質問を始めた。

「被告！　被告・高仁植《コインシク》は、上に起訴された罪科を認めるか？」

群衆の視線は波のように高仁植へとそそがれた。そのときの彼の表情はどうだったか！

高仁植は自らの視線を、人々の頭越しに市内の中心の方をぽかんと凝視したまま、唇を白痴のようにもぐもぐと動かし声もなしに笑っていた。しかし今、彼の視線が到達しているところが〝赤いキノコ〟――市党の党舎であることは、天のみが知っていた。

「頭が狂ったようだ」

運動場には夜の海のようなざわめきが上がり、そしてまた静まりかえった。

「静かに！　被告、聞こえるか？」

「……」

許潤模《ホユンモ》は、自分でも気づかず、ぐっとつぐんだ口の中でカリカリと音が出るのを感じた。高仁植に今何が答えられるというのか！

焚き口のひどく煙る炭に涙を絞り、手の甲に焼きつくような日差しの下で木の根を引き抜き、岩を掘り起こして開墾したあの日から、亡き妻の法事の供えに二人の子が捧げた線香がかおり、ホーイホーイと猪をはらったあの夜明け、毒キノコで倒れ丸太小屋の木枕の上で九死に一生を得て目を開けたあの日の朝、そしてドングリを採集したあと開墾地に土を覆ったあの日々も、胸中に育んできた私心なき良心の花畑！　その花畑が白昼に雷に打たれ丸ごとひっくり返ったこの瞬間、どのようにしてバラバラに散ったあの花束を抱え起し、生き返らせてみようという考えを持てるというのか！　息が止まり、心臓が破裂して、卒倒しないだけでも幸せだということなのだ！

しかし許潤模のように、高仁植の近くに座っていた人々は、彼が手錠のかかった両手で、何かを一本一本引き抜くようにしながら、〝これだ、これだ！〟とつぶやく声をはっきりと聞くことができた。ついで、高仁植は、やるべきことをさっぱりとし終わったとでもいうように、天に向って首を上げ、「ハーハーハーハーハ」と痛快な笑いをはなった。

彼の笑いは、彼の前に立っているマイクを通して、運動場に大きく広がっていった。群衆たちは胸が凍りつく思いで高仁植《コインシク》を眺めた。しかしその間に高仁植の表情は、また別人のように変わっていた。高仁植は、いつ笑ったかと言わんばかりに驚いたような顔つきになり、何かを掴み取ろうとするように手錠のかかった両手を前につきだした。それから今度は、低くも高くもない声で叫ぶようにつぶやいた。

「あそこに……あそこにまだある！　みなさん、その赤いキノコを抜き取って行きなさい。恐ろしいものなんですよ。もしもし、みなさん……」

群衆が再びざわめきはじめた。首席壇で誰かが机の前の部分を叩きながら、静かにせよと声を張り上げた。

「どうしたことだ？」

「頭が狂ったようだ」

「赤いキノコと言ったようだが？　なんの話だ？」

高仁植のその〝赤いキノコ〟を知る人は、運動場の許潤模《ホユンモ》と原料基地から下りてきた何人かの人しかいなかった。許潤模は突然、昨年の秋のことが蘇ってきた。ドングリのリュックを背負った彼らに会ったとき、こともあろうに、あのおぞましい毒キノコを党の庁舎になぞらえた登山帽の青年をとがめた高仁植の声が生々しく耳に響いてきたのであった。

「赤いキノコ！」

その言葉は、頭は少し変になったかもしれないが、この瞬間、高仁植の胸の中で硫黄の火のように燃えたぎっている数百、数千語の言葉を使って説明するよりも、高仁植の思いを、許潤模に理解させてくれた。

高仁植の白雪のような魂は、今こそ、この地に根を張った毒キノコを見抜き、独裁と懐柔と欺瞞と抑圧で汚されたそれを引き抜こうとして必死の力を振り絞っているのだった。

司会者がマイクの前に出てきた。

「急に被告の精神に異常が発生した関係で、今日の裁判を保留します」

司会者の声が拡声機から消える前のことだった。

「父ちゃん！」

という胸を抉るような声とともに、高仁植の二人の子たち、姉と弟が群衆の中からあたふたと走りだしてきた。隣に座っていた宋明根《ソンミョングン》が、子供たちを止めようとしたが、むだだった。立ち上がっていた群衆がまたその場に座った。しかし二人の姉と弟は、父を目の前にしながらも対面することはできなかった。

むくむくと黒い排気ガスを吐きながら走っていく囚人車のあとを追って、気がふれたかのように父親を呼び続ける、姉と弟の声が人々の胸を衝いた。

群衆が去っていったガランとした運動場の前方のポプラの木の下に、ハンカチをしわくちゃに握りしめた一人の男が立っていた。許潤模《ホユンモ》だった。彼は人々の前ではこらえにこらえていた涙を、全部流してしまわないではいられなかったのだ。自らのすべてを差し出したがために、自らのすべてを失った人！

許潤模のするどい視線は、今しがた高仁植《コインシク》が、群衆の頭越しに見ていたもの、まさにあの市党の庁舎——〝赤いキノコ〟を直視していた。どれだけ多くの貴重な生命があの毒素の犠牲になっているのか！　あの獅子頭のマドロスパイプがほざいたというヨーロッパの赤い幽霊が、この地に根ざしたことが、人間のすべての不幸と苦痛の禍根であるあの〝赤いキノコ〟の種子の類であったというのか！

砕けんばかりに拳を握り締め、〝レンガの家〟から視線をそらすことができない許潤模の胸の中では、高仁植がとうてい叫ぶことのできなかった凄まじい絶叫が轟いていた。

「あの赤いキノコを、あの毒キノコを引き抜いてしまえ！　この地から、いや、地球上から、永遠に！」


（一九九三年七月三日）

イギリス人評論家は言う「ソルジェニーツインの作品のように完璧な小説集」

趙甲済
韓国版『告発』の出版社代表

最近、世界の出版界で北朝鮮から密かに持ち出された短編小説集が俄然話題である。来たる四月、ロンドン図書展示会を目前にして、英語・フランス語・ドイツ語・スペイン語・アラブ語・中国語・日本語・オランダ語版出版契約がすでに締結された。

小説のタイトルは、『告発』。北朝鮮に住む〝パンジ〟というペンネームの作家が書いた短編七篇を集めたものとして、国内(韓国)では二〇一四年に趙甲済ドット・コムを通じ出版された。朝鮮作家同盟所属〝パンジ〟の親戚が脱北して手にしてきた肉筆原稿を、被拉脱北人権連帯・都希侖代表が入手し、知られるようになった。

ペンネーム〝パンジ〟は、彼の存在をスクープした『月刊朝鮮』が、北朝鮮の暗鬱な現実に灯りをともすという意味で〝パンジ＝ホタルの光〟と名付けた。二〇〇字詰め原稿用紙七五〇枚分の原稿は、「脱北記」「幽霊の都市」「駿馬の一生」「目と鼻が万里」「伏魔殿」「舞台」「赤いキノコ」の七篇が、色あせた原稿用紙に鉛筆で書かれ、紐で束ねられていた。

咸鏡道で生まれたパンジは、すでに脱北した独裁政権に対する批判者たちとは異なり、現在北朝鮮で暮らし反体制小説を書いたという点で、大きな違いがある。ガーディアンは、彼の不条理主義風刺方式は、旧ソ連と東欧の反体制作家たちを連想させ、〝北朝鮮のソルジェニーツィン〟と呼ばれるにふさわしいと分析した。

一連の小説は、反党分子として処刑された父を持った夫の労働党入党のために、幹部たちに陵辱されなければならない妻（脱北記）、〝一号行事〟のために孫娘の足と自分の腰骨を骨折した老爺（伏魔殿）、旅行の自由がなく母親の最期を看取ることができない息子（目と鼻が万里）、金日成死亡直後に葬式に動員された人民たち（舞台）、窓から見える超大型の金日成の肖像画の前で痙攣を起こしカーテンを閉めて、収容所へと送られた一家族（幽霊の都市）、独裁政権を転覆させるという仮想の革命話（赤いキノコ）等、不気味な北の実情を赤裸々に描写したと、このイギリスの新聞は伝えた。〝パンジ〟はこれらの短編小説以外に、詩五十篇を〝地獄でうたった詩〟というタイトルで束ねて送ったが、その序文にこのように綴った。

「北の地での五十年を、もの言う機械として、囚われの人間として生き、才能ではなく怒りで、インクとペンではなく、血の涙と骨で書いた」

『告発』のイギリス出版権を得たソポントズステール会社のひとつ、ハンナ・ウエストランド氏は、このように評価した。

「『告発』は単純に良い小説ではない。この小説はアレクセイ・ソルジェニーツィンの作品のように、完璧に構成された小説集であり、真実の直接的な力に裏付けされた権威として表現されている」

待ちに待った北朝鮮の短編集だ

萩原 遼
大宅壮一ノンフィクション賞受賞作家

ついに出た！　待ちに待った北朝鮮の短編集だ。

私が待ったというのは『赤旗』平壌特派員を追放された一九七三年からである。今年で四十三年になる。それまでは北朝鮮に憧れて第二の祖国ぐらいに思っていた。ところがその幻想が破れるのは三カ月ほどのちだったろうか。特派員だから街を自由に歩くことが不可欠だ。それが規律違反とは思いもよらなかった。私は北だけではなく南の韓国も守備範囲だったため韓国の新聞を見ないと南のことはわからない。『赤旗』編集局から韓国紙の二紙を送らせるからと、労働新聞の幹部に了解を求めた。「取材については便宜を図る」というだけで、これもだめだった。私は平壌郊外の〝招待所〟という二棟の団地の一室で事実上の軟禁生活だった。

私にはもうひとつの目的があった。大阪の定時制高校の同級生で一九六〇年に北朝鮮に〝帰国〟した在日朝鮮人の友人の消息探しだった。一九六六年から消息は途絶えていた。

新聞記者なら消息探しなどわけないと思っていちおう北当局に提起はした。同時に日本から持っていった住所をたよりに一人で探しに出かけた。それが重大な規律違反だったのだ。つまりスパイ行為だった。そして一九七三年二月十六日の夜、私や妻、吉田資治さん（日本共産党の平壌代表）の三人が所用で出かけて誰もいない夜に踏みこんですべてを写真で撮っていったのだろう。その時の恐怖を、肌身離さず身につけている手帳に自分だけに分かる符牒まじりでこう書いている。

「ついに踏みこまれた。このままでは発狂だ。発狂すれば俺の負けだ。俺は負けはしない」

こうも書いている。「恐ろしい国。むしろ刑務所といってもいい。しかし刑務所にはまだ思想の自由がある。考える自由が。ここではその自由もない。朝から晩まで金日成一色。ガンガンガンガン。テレビ、ラジオ、新聞、雑誌。考えるすきも与えない。恐ろしい。人間の心に与える抑圧。そのもとで黙々と羊のようにおとなしい人民。これにも無性に腹が立つ。全土がスパイ網でおおわれている」そして翌月の三月十日私の〝退去令〟であった。

私のわずか十一カ月の北朝鮮体験ではあるが、日本人では初めての体験である。それに照らしてパンジの『告発』は私なりに「ついに出た」という思いだった。「羊のようにおとなしい人民」とあの時は罵倒したが、今は命がけでこの体制打倒のために告発した人がついに出てきた！　という賞賛の気持ちである。何としてでも彼のたたかいを支えようという気持ちである。

『告発』は七つの短編からなっている。いずれも私の平壌体験に照らして納得のいく作品である。神様扱いの金日成。それに反して虫ケラのような人民。たとえば、白いご飯に肉のスープを食べ瓦屋根の家に遠からず住めるという金日成の大ウソにだまされた主人公の馬車引き(『駿馬の一生』)。金日成の〝一号行事〟のために一切の列車を停止させ待合室に閉じこめる。その大混雑の人波に押されて足の骨を折った孫娘と自分の連れ合いの腰を強打したおばあさんの話(『伏魔殿』)。一生を己のことは考えずに人民の幸せのために捧げつくした工場技師を銃殺する話(『赤いキノコ』)。金日成の肖像画が怖いと泣く幼子のために収容所送りのトラックに乗せられてゆく一家(『幽霊の都市』)。

私が思わず涙が出そうになったのは『脱北記』である。若夫婦の夫は独学で製図工のぴかいちだが、労働党に入党できない。そうした身分差別を意に介せずまじめに働くその姿に惚れて「同情から」結婚した若い女性。ある日、夫の甥っ子の小学生が家に来る。しょげている。聞くと学級委員になれないと言う。一度はなったが取りあげられたのだ。妻が手を尽くして得た情報では、夫の父親は解放前の富農で〝敵対群衆〟にされている。元山で、あるささいな失敗のために〝反党反革命分子〟とされて死刑になっていた。息子がいくら優秀でも大学に行けず党員にもなれないのはこうした〝成分〟という名の階級差別のためだったのだ。甥っ子まで学級委員を取り消されたのもそのためだった。木の下で泣いていた。幼い子供でも親戚に一人〝反党反革命分子〟がいるだけで、一切の役からはじかれる仕組みである。

北朝鮮の社会が分かりにくいと言われるのはこの〝成分〟と呼ばれる階級差別のためである。社会主義を標榜しているため階級はないと錯覚する。ところが実際は、封建時代以上に封建的な国である。神に等しい金日成とその家系。朝鮮労働党と国家保衛部はその神様を守る特別な権限を持つ。そのメンバーは権力を小分けされて威張りかえっている。それに反して人民は虫けらのよう。

全人口を核心階層、動揺階層、敵対階層の三つの階層に大別する。核心階層は金日成などのパルチザン出身者や朝鮮労働党員、朝鮮戦争時に犠牲になった遺族など北朝鮮で優遇される階層である。十三個に分類される。敵対階層は、植民地時代の地主や資本家とその末裔、親日親米分子、韓国に渡ったものやその家族など十一個に分類されている。この中間に位置する動揺階層は朝鮮戦争の際に韓国やアメリカに服務した者、日本からの帰還者、朝鮮労働党を除名された者や宗教関係者など。二十七個に分離されている。合計五十一個に細分されている。こうした差別政策のために生涯にわたって監視と差別と排斥を受ける。この『告発』の中でも、随所にこの階級差別の矛盾と誤りが取りあげられている。

「羊のようにおとなしい人民」の中からついにこれを根本的に打倒しようという作家が登場した。彼は言う。「あの赤いキノコを、あの毒キノコを引き抜いてしまえ！　この地から、いや、地球上から、永遠に！」。赤いキノコとは金日成を頂点とする朝鮮労働党の封建的軍事的抑圧の象徴である。

この『告発』に私が興奮したのもわかっていただけるのではないか。

才能ではなく
怒りで
インクにペンではなく
血の涙に骨で書いた
私のこの手記
読者よ！
どうか読んでください

という北朝鮮の作家の命をかけた怒りのこの作品集を、なんとしてでもこの日本で広めることは私の残された時間のすべてである。

私は四十三年の間、北朝鮮という邪悪の国が崩壊することを願い、彼らとたたかってきた。崩壊しそうで崩壊しない北朝鮮。中国やロシア、日本、アメリカなどの北朝鮮の周辺国は、あの国が崩壊することが自分たちの利益にならないのだ。肝心の韓国も半分ぐらいは崩壊反対ではないか。となると崩壊は簡単ではない。しかしいくら他の国が反対しようが崩壊して、北の国民が自由に朝鮮半島を歩けること、自由に出入国できること、何を言っても上御一人の意向だけで処罰されないこと、政府に餓死を強要されないこと、つまり基本的人権が北朝鮮の国民すべてに与えられること、これが基本である。そうした基本的人権が国民に与えられない以上あの国を崩壊させることこそ善であり、何物にも優先すると私は思う。

私は今から四十五年前の一九七一年に韓国の詩人金芝河の作品を日本人として戦後初めて韓国語から翻訳紹介した。私は当時『赤旗』編集局の記者だった。この時の私の思いは、金芝河は朴正熙独裁政権といずれ衝突して殺されるだろう。しかし死なせるにはあまりにも惜しい人物だった。何とかして助けたい。私のできることは金芝河を有名にして朴正熙の手の届かないところに祭りあげようというものだった。そのために彼の詩集や戯曲などを集めて、日本の大手出版社である中央公論社から『長い暗闇の彼方に』と題して翻訳出版された。この時のペンネームは渋谷仙太郎だった。

それから三年後の一九七四年、不幸にして私の予想は的中して金芝河は死刑の判決を受けた。韓国の公判廷でいつ私の名が出るか毎日が針のむしろだった。日本共産党の支援を受けているとわかれば彼は「反共法」で死刑である。命を助けたいと思ってしたことが逆に彼を殺すことになれば私も生きてはいられないと覚悟を決めて死に場所を探してさまようこともした。金芝河の死刑判決は「詩人を殺すな」とこの日本で轟々の反響を呼び、各国に波及した。その論拠が私の翻訳した『長い暗闇の彼方に』であったことを今、光栄に思う。金芝河の命懸けのたたかいの結果、彼に死刑判決を下した朴正熙は仲間のKCIA責任者に射殺された。

今、幸い金芝河も私も元気である。一九九三年、金芝河とは二十三年目にして初めて彼の自宅で会った。民主化なって日本共産党の党員でも韓国に行けるようになったのである。金芝河は立派な人物として今も親交をもっている。かつての民主化運動の旗手たちの多くが、たとえば金大中などが北朝鮮の主体思想派や従北勢力になったが金芝河はそうではない。かつての民主運動に属する連中について金芝河はこう評している。
「最近の彼らの政治形態は主体性なるものはまったくなく、北韓の政治コマンドス（特攻隊）に転落してしまった」と。金芝河こそ民主化の立役者として韓国現代史に残る人物である。そして今、北朝鮮の作家パンジの作品を翻訳した。南の詩人の作品を訳して韓国の独裁を倒したのに次いで北の作家の命懸けの作品集を手掛けることになった。名誉なことである。

これでもって北朝鮮が倒れたら私の光栄はこれ以上ない。しかしこれは私ひとりの功績ではない。元の訳者がいる。それを記して感謝を送りたい。

一.脱北記（白成喆） 二.幽霊の都市（白成喆） 三.駿馬の一生（白成喆）

四.目と鼻が万里（白成喆）五.伏魔殿（元智慧） 六.舞台（高来れい）

七.赤いキノコ（白成喆）

以上のうち、二と四を除いては雑誌『拉致と真実』に掲載した。二と四を含め七つの作品について萩原遼が一字一句原文と照らし合わせた。いくつかの誤訳は訂正した。したがって誤訳はないと思うが、あるかもしれない。お気づきの方はご指摘ください。併せて困難な翻訳を短い時間でやっていただいた上記の方々に深甚の感謝を表します。

読者は日本語で読む以上誤訳のないことは言うまでもないが、よりよき日本語の文章にするために萩原遼とかざひの文庫社長磐崎文彰氏が手を入れたことをご理解いただきたい。磐崎文彰氏を紹介してくれたのは、三十年来の友人朴炳陽氏（アジア映画社代表）である。磐崎氏は今回『告発』の発行者になっていただいた。誠実な人柄や熱心な仕事ぶりである。このお二人と私の三者を中心にすべての関係者が、この作品集『告発』を日本で広め、一日も早く、邪悪な軍事独裁政権を打倒し、北朝鮮で苦しんでいる人たちを解放するために全力を挙げる決意である。

萩原 遼 プロフィール

1937年、高知県生まれ。大阪外国語大学朝鮮語科卒（一期生）。69年から88年まで「赤旗」記者。72年から翌年にかけて平壌特派員。1989年からフリー記者。米国国立公文書館の北朝鮮文書160万ページを読破、『朝鮮戦争』（文春文庫）を著わし、開戦の発端を明らかにした。『北朝鮮に消えた友と私の物語』（文藝春秋刊）で大宅壮一ノンフィクション賞受賞。北朝鮮分析の第一人者として著書・訳書多数。

主な訳書は、金芝河著『長い暗闇の彼方に』（中央公論社刊　渋谷仙太郎訳）、李恒九著『小説・金日成』（文藝春秋刊　萩原遼訳）、成蕙琅著『北朝鮮はるかなり　金正日官邸で暮らした20年』（文藝春秋刊　萩原遼訳）、黄長燁『金正日への宣戦布告　黄長燁回顧録』（文藝春秋刊　萩原遼訳）など。

告発《こくはつ》

〜北朝鮮在住《きたちょうせんざいじゅう》の作家《さっか》が命《いのち》がけで書《か》いた金王朝《きむおうちょう》の欺瞞《ぎまん》と庶民《しょみん》の悲哀《ひあい》〜

著者　パンジ
翻訳　萩原遼《はぎわらりょう》

2016年6月29日　初版発行

発行者　磐崎文彰
発行所　株式会社かざひの文庫
〒110-0002　東京都台東区上野桜木2-16-21
電話／FAX03(6322)3231
e-mail : company@kazahinobunko.com
http://www.kazahinobunko.com

発売元　太陽出版
〒113-0033　東京都文京区本郷4-1-14
電話03(3814)0471　FAX 03(3814)2366
e-mail : info@taiyoshuppan.net
http://www.taiyoshuppan.net

印　刷　シナノパブリッシングプレス
製　本　井上製本所

装　丁　緒方徹

ISBN978-4-88469-878-2